La Sorcière de North Berwick

Cyrielle

MARTIN DANEAU

LA SORCIÈRE DE NORTH BERWICK

CYRIELLE

1

ADA
éditions

Éditeur : François Doucet
Révision linguistique : Isabelle Veillette
Correction d'épreuves : Nancy Coulombe, Audrey Faulkner, Carine Paradis
Conception de la couverture : Mathieu C. Dandurand
Photo de la couverture : © Thinkstock
Mise en pages : Mathieu C. Dandurand
ISBN papier : 978-2-89752-807-2
ISBN PDF numérique : 978-2-89752-808-9
ISBN ePub : 978-2-89752-809-6
Première impression : 2015
Dépôt légal : 2015
Bibliothèque et Archives nationales du Québec
Bibliothèque Nationale du Canada

Éditions AdA Inc.
1385, boul. Lionel-Boulet
Varennes, Québec, Canada, J3X 1P7
Téléphone : 450-929-0296
Télécopieur : 450-929-0220
www.ada-inc.com
info@ada-inc.com

Diffusion
Canada : Éditions AdA Inc.
France : D.G. Diffusion
Z.I. des Bogues
31750 Escalquens — France
Téléphone : 05.61.00.09.99
Suisse : Transat — 23.42.77.40
Belgique : D.G. Diffusion — 05.61.00.09.99

Imprimé au Canada

Participation de la SODEC.
Nous reconnaissons l'aide financière du gouvernement du Canada par l'entremise du Fonds du Livre du Canada (FLC) pour nos activités d'édition.
Gouvernement du Québec — Programme de crédit d'impôt pour l'édition de livres — Gestion SODEC.

Catalogage avant publication de Bibliothèque et Archives nationales du Québec et Bibliothèque et Archives Canada

Daneau, Martin

    La sorcière de North Berwick
    Sommaire : t. 1. Cyrielle -- t. 2. Anya.
    Pour les jeunes de 13 ans et plus.
    ISBN 978-2-89752-807-2 (vol. 1)
    ISBN 978-2-89752-810-2 (vol. 2)
    I. Daneau, Martin. Cyrielle. II. Daneau, Martin. Anya. III. Titre.

PS8557.A523S67 2015   jC843'.54   C2015-941275-7
PS9557.A523S67 2015

Video et taceo.

(*Je vois et je ne dis rien.*)

DEVISE DE LA REINE ÉLISABETH I^{RE}

FAITS HISTORIQUES

Le roi Jacques Ier est encore à ce jour le plus impitoyable des souverains d'Angleterre qui envoya au bûcher un nombre record de femmes reconnues coupables de sorcellerie.

Il devint souverain d'Écosse en 1567. Il était âgé d'un an à cette époque et quatre régents lui succédèrent avant qu'il dirige officiellement l'État en 1583. Ensuite, en plus de préserver son règne sur l'Écosse, il devint roi d'Angleterre et d'Irlande à partir de 1603. Il retourna en Écosse une seule fois, en 1617. Pour parfaire la fiction de ce récit, je déforme les faits et insinue que le souverain se rendit en Écosse en 1605 et que, à la suite des événements découlant de sa visite, son passage fut rayé des livres d'histoire. Toujours dans un contexte de fiction, ce fut d'ailleurs la raison pour laquelle il n'y retourna que 12 ans plus tard.

* À titre informatif, veuillez noter que la distance entre Édimbourg et North Berwick est d'environ 40 kilomètres.

1

ÉTÉ 1605

Au village de North Berwick, en Écosse, Gaël Enguerrard respectait son engagement et continuerait à le faire, incarnant l'ombre dans l'ombre de Flaure Tiphaine. La distance entre eux créait toutefois un étrange rapprochement.

Dans le passé, Gaël avait eu maintes aventures pour assouvir les besoins de son corps, mais il n'avait jamais réellement été intime avec une femme, ce qui l'incitait à imaginer des moments personnels avec Flaure ; un sanctuaire où il était agréable de se recueillir. Séduit par sa beauté, il essayait de façonner l'ébauche de ses réactions le jour où les événements l'amèneraient à lui révéler son engagement secret. Il enviait ce moment même s'il serait engendré par la tragédie. Était-ce mal ? Gaël n'était pas enclin à le croire. Il voyait dans ce désir une récompense pour ses loyaux services. Il avait appris avec les années que l'honneur était un concept beaucoup plus honnête et durable lorsqu'on y prenait un plaisir quotidien. En attendant, il respectait sa promesse de surveiller Flaure et d'agir seulement si elle s'exposait à un danger.

Dans le petit village, Gaël travaillait pour Adrien, le père de Flaure. C'était un gaillard solide et patient qui ne dispensait jamais son fiel même dans ses pires crises de colère. Comme les deux hommes étaient souvent ensemble, Gaël était occasionnellement amené à discuter avec Flaure, sous l'œil attentif et discret d'Adrien. De brefs échanges qui, menés avec une politesse obséquieuse et une totale absence d'émotion, devenaient impersonnels et préservaient la distance entre eux.

Un gardien ne devait pas tomber amoureux de celle dont il assurait la protection.

Flaure et Gaël avaient 10 ans d'écart. Au début, cela avait été facile de l'aimer pour ce qu'elle était : une enfant grandissant sous l'œil admiratif de son père veuf. Avec le temps, la fleur avait continué à s'épanouir et elle était devenue d'une beauté saisissante. Son observation ingénue s'était muée en une attention beaucoup plus particulière à la limite de l'envie. Le protecteur se faisait violence et manifestait peu d'intérêt, même lors d'échanges concis, pour ne pas éveiller les soupçons de la jeune femme de 18 ans. Gaël y parvenait et cette réussite commençait à l'attrister. Secrètement, il nourrissait l'espoir qu'un incident survienne ; une excuse pour intervenir et protéger la jeune femme. De cette façon, il honorerait sa promesse et comblerait la distance les séparant.

Flaure est un soleil et il est naturel de vouloir s'en approcher pour adorer sa lumière.

Seul dans sa chambre, Gaël fixait le plafond. Il ferma les yeux pour mieux projeter son fantasme. Flaure devenait l'élément central d'un panorama où tous les éléments s'harmonisaient pour célébrer sa splendeur. Il aimait faire perdurer ces moments et souhaitait freiner le temps pour mieux les savourer. Alors qu'il était gagné par le sommeil, ses pensées continuèrent à façonner un rêve en compagnie de la jeune femme. Il espérait ne jamais se réveiller.

À North Berwick, sans qu'elle le sache, Flaure était liée à un grand destin. Si sa vie n'avait été qu'une perpétuité d'accalmies, la tempête se profilait désormais et allait bientôt l'entraîner dans un maelström dont les répercussions influeraient sur le présent et l'avenir.

Tout s'amorcerait bientôt. Mais pas aujourd'hui.

2

La peur induite par la superstition n'était pas facile à enrayer lorsqu'il était question de brûler une femme accusée de sorcellerie. Et ce, même si l'ordre venait d'un souverain tyrannique comme Jacques Ier.

Le geôlier Hans en savait quelque chose. Le port de sa cagoule lui conférant l'anonymat était peu de chose pour le rassurer. Au début, il honorait sa profession sans trop se questionner sur son rôle de bourreau. Il devenait un outil sans âme, aussi froid que le métal décapitant les victimes. C'était avant que les tourments viennent le hanter durant des nuits d'insomnie. Ils étaient nombreux, telle une cohorte réclamant justice pour l'iniquité commise à leur égard.

LA SORCIÈRE DE NORTH BERWICK

Depuis, le geôlier éprouvait des difficultés à effectuer son travail. Ordonner et exécuter une condamnation étaient deux choses complètement différentes. Celui tenant la flamme et l'amenant à la femme qui serait consumée par le feu était responsable de ses cris et de ses affres. Lorsqu'elle maudissait l'existence des coupables de son malheur, les paroles accusatrices dirigées contre Jacques Ier lui étaient aussi adressées. Que pouvait-il faire d'autre? S'entêter et refuser de porter la sentence reviendrait à prendre la place de ces hérétiques et à mourir dans les flammes.

Hans revint dans le moment présent. Au château d'Édimbourg, les cris de la foule révoltée lui martelaient les oreilles pour le pousser à agir.

Depuis son couronnement à Westminster, Jacques Ier revenait en Écosse pour la première fois. Il était accompagné d'une garnison de plusieurs hommes pour assurer sa protection. Le souverain désirait une chasse aux sorcières sans relâche et l'Écosse, sa terre natale, était l'endroit parfait pour renforcer cette consigne. Il tenait aussi à s'éloigner de l'Angleterre et de ses conseillers pour voir qui profiterait de son voyage pour conspirer contre lui. Ayant des espions parmi tous les membres de son personnel, Jacques Ier saurait séparer les hommes de confiance des traîtres à son retour.

À son arrivée au château d'Édimbourg, le roi s'était adressé à la foule venue l'accueillir sans ambages de nostalgie. Il se faisait alarmiste sur le danger que représentaient les sorcières et intimait à la population de rapporter toute activité suspecte susceptible de les exposer. Aucune ne devait échapper à la foudre de l'Église, et la damnation éternelle attendait ceux leur prêtant assistance.

Le discours grandiloquent et truffé de références bibliques avait suffi à exalter la population massée pour aduler le souverain. Pressé d'illustrer ses avertissements, Jacques Ier avait annoncé l'exécution d'une sorcière la journée même de son retour en Écosse.

L'heure de la mise à mort était arrivée et Hans s'apprêtait à accomplir sa triste besogne. Il avait été convoqué par Jacques Ier en personne. Le monarque avait insisté sur la nécessité de rendre cette exécution exemplaire.

La femme reconnue coupable de sorcellerie s'appelait Cyrielle Isère.

Surmontant un amoncellement de longues bûches disposées en rectangle, Cyrielle était attachée à un poteau massif. Des liens solides lui ceinturaient les chevilles, les cuisses, la taille et le cou. Du bois sec et mince était appuyé sur la base des bûches et remontait, dans un angle incliné, jusqu'aux pieds de la malheureuse. De la paille avait été étalée sur la construction perfide pour accroître l'appétit du feu.

Hans alluma une torche. Avec une résolution torturée, l'homme tendit le bras pour amener la flamme aux pieds de la victime. Cyrielle demeurait étonnamment calme, mais le geôlier savait que cet air stoïque serait vite balayé dès que le brasier commencerait à lui racornir la peau.

Une fois le feu allumé, Hans éteignit son flambeau et recula suffisamment pour ne pas ressentir les effets de la chaleur. Il ne s'était jamais accoutumé à l'odeur de la chair consumée. Chaque fois qu'il respirait une bouffée, les défunts hantant ses nuits revenaient le narguer.

Reste fidèle à ton souverain et ne déroge pas à tes engagements. Tu n'as aucun titre royal, ta famille est pauvre et misérable. Obéir aux ordres d'un roi est la seule reconnaissance que tu auras. Même si elle équivaut à celle d'un os lancé à

un *bâtard de chien, au moins tu as de quoi te
sustenter.*

Soudain, le feu s'éteignit. C'était curieux,
car il n'y avait aucun vent décelable pour expliquer le phénomène. Utilisant son briquet à
silex, Hans généra une nouvelle flamme. Cette
fois, avant de prendre, le feu gonfla et s'étouffa
en l'espace d'une seconde, tout comme celui de
sa torche.

Ce n'était pas normal. Résolu à en finir,
le geôlier réutilisa le briquet à silex. Ses gestes
secs tardèrent à générer l'étincelle. Les murmures de la foule se transformaient en grondement d'impatience.

Une fois le flambeau allumé, Hans était
déterminé à en finir alors que la situation passa
d'agaçante à inexplicable.

Dès que le feu se mit à ronger la paille, la
flamme s'éleva très haut dans les airs en décri-
vant un arc dont la trajectoire évitait Cyrielle.

Impossible pour une flamme d'épouser une
forme si élancée et de se prêter à des caprices
défiant complètement la physique.

Puis, le feu mourut comme une tornade
disparaissant dans un étau invisible.

Des cris de stupeur s'élevèrent dans la foule
et la consternation fit place à la panique.

Le corps tremblant, le geôlier leva la tête et manqua de défaillir, comme s'il venait de recevoir un coup de poing au ventre.

Cyrielle l'observait avec un amusement cruel. Son regard ne trahissait aucune déroute et affichait la satisfaction d'une personne élevant l'incompréhension à la terreur.

3

Au château d'Édimbourg, assis sur son trône, Jacques Ier repensait à son couronnement à Westminster le 25 juillet dernier. Cela avait été une journée grandiose qu'il aurait voulue éternelle. Par la suite, l'euphorie s'était rapidement estompée et les exigences rattachées à ses nouvelles responsabilités l'occupaient entièrement.

Le souverain ordonna qu'on le laisse seul. Le silence était son meilleur compagnon, ses décisions les plus judicieuses se forgeant par l'entremise de la réflexion, et non des débats.

Ses préoccupations étaient nombreuses et il avait beaucoup de travail à faire pour consolider son empire.

Récemment, le pillage lors de vendanges dans des vignobles réputés, appartenant à des comtes délégués par Jacques Ier, avait causé autant d'émoi au roi qu'une insurrection en mouvement. La rareté du blé devenait préoccupante et une période de mauvaises récoltes était à prévoir.

Même les meilleurs soldats perdent leur efficacité avec un ventre vide.

De nombreuses disputes avaient éclaté entre des membres influents appartenant au cercle décisionnel et le monarque, qui était étranger aux traditions d'Angleterre. Jacques Ier ne désirait pas se conformer aux mœurs des Anglais pour gagner leur soutien. Il était leur souverain légitime et préférait employer l'autorité plutôt que la sympathie magnanime pour se faire obéir.

Ses récents choix lui avaient rapidement valu de vives critiques. Son comportement impérialiste faisait l'objet de plusieurs rumeurs impopulaires. Sur une note plus positive, le 28 août dernier, Jacques Ier pouvait s'enorgueillir d'un traité signé à Londres entre l'Espagne et l'Angleterre pour mettre fin à une guerre ayant duré 19 ans. Une belle victoire que les Anglais auraient tôt fait d'oublier si les tensions avec ses conseillers continuaient à s'envenimer et si le peuple entretenait l'idée que leur nouveau monarque était un tyran. Pourtant, le roi refusait de revoir sa ligne de conduite. Il détestait les pratiques souples d'Élisabeth Ire et refusait de proposer un règne prônant une tolérance excessive.

Une confiance abusive constituait le meilleur moyen pour inciter les conspirateurs à parfaire leur duplicité. Au moins, l'outrance de ceux désapprouvant ses mesures était franche. Les hommes qui le critiquaient ouvertement étaient des ennemis potentiels clairement identifiés. Jacques Ier composerait avec ces indésirables et débusquerait ceux œuvrant en secret. L'un n'excluait pas l'autre et plus le monarque saurait identifier ses rivaux, plus il serait facile de réduire leur nombre. Trop encline à la munificence, Élisabeth Ire avait été trop passive, selon lui. Mieux valait dispenser une justice cruelle pour imposer l'obéissance. Toutefois, même si Jacques Ier ne voulait pas en faire un modèle, le long règne de 44 ans d'Élisabeth Ire prouvait l'efficacité de ses méthodes.

Les jambes croisées, la tête inclinée comme il ne le ferait jamais devant personne, Jacques Ier

réfléchit au renouveau de sa haine pour les sorcières.

Deux ans plus tôt, plus de 35 000 personnes avaient péri d'une peste effroyable sévissant à Londres. La maladie était l'émissaire de Dieu envoyée pour exprimer Son mécontentement. S'Il ne recevait pas d'offrandes, le Tout-Puissant les réclamait en recourant à la malédiction.

Pour cette raison, la chasse aux sorcières devait être accentuée. L'éradication du malin devenait un sacrifice à Dieu. En éliminant les hérétiques, Jacques Ier vulgarisait la volonté du Tout-Puissant pour le peuple. Plus les citoyens l'encenseraient, plus il lui serait facile de taire les mécontentements des hauts placés le conseillant dans l'exercice de son règne. La force et l'autorité constituaient de merveilleux remèdes pour éradiquer les commérages et la montée des conspirateurs.

Les gens lui reprochaient sa nature infatuée en usant de la même condescendance. Jacques Ier refusait de composer avec des infidèles : ils seraient inquiets des conséquences à ne pas être dans ses bonnes grâces, et non l'inverse. Il ne s'enticherait pas de leur compagnie en feignant des excuses mensongères et ne céderait pas à une diplomatie exigée par un tollé mal placé. La clé pour gouverner efficacement résidait dans le concept parfait d'unification. En dirigeant avec une main de fer, on enlevait la possibilité pour quiconque de s'élever en morigénant.

Le roi arracha un fil à son pourpoint et il le tritura pensivement. Le vêtement était entièrement brodé par les meilleurs couturiers d'Angleterre. D'un rouge orangé, la couleur éclatante du tissu s'expliquait par l'usage d'une teinture de grande qualité résistant au soleil et au lavage. Le visage morne, Jacques Ier souffla sur le fil entre ses doigts. Il songea à la reine Élisabeth Ire.

Le monarque passait continuellement de la haine à l'admiration envers la grande reine qui l'avait précédé. Il se répétait que l'ensemble de son règne et les résultats probants sur les bienfaits rendus à la nation anglaise demeuraient indéniables. C'était ses continuelles décisions encourageant la paix qui agaçaient le souverain. Il y voyait un manque de prépondérance et une peur d'entrer légitimement en guerre.

La meilleure manière de ne pas perdre une guerre est de ne pas la livrer.

Jacques Ier balaya l'air devant lui dans un geste affligé comme pour se moquer de ses propres pensées.

La diplomatie était-elle une ruse servant à éviter la défaite? La sagesse était-elle une stratégie destinée à ne pas provoquer un ennemi potentiellement victorieux?

Le monarque soupira.

Cesse de fonder tes plans sur ceux d'une défunte. Elle t'a légué le trône pour une bonne raison. À toi de dispenser la loi que tu jugeras appropriée.

Depuis le lever du jour, la chaleur était accablante. Le roi se massa la nuque pour essuyer des gouttes de sueur. Il observa ses doigts avec complaisance comme s'ils étaient enduits d'une onction bénite par Dieu.

Tu es le roi et aucun homme ne mettra fin à ta vie si tu la dédies à Dieu.

Il en revenait continuellement à ce raisonnement. Chaque fois, cette pensée réussissait à lui faire oublier la déception des hommes.

Jacques Ier était venu à Édimbourg dans le but de se livrer à une expérience. En éradiquant les sorcières, il comptait rallier tous les Écossais sous son règne. Il étudierait la réaction de la foule, validant son allégeance entre son arrivée et son départ de sa terre natale.

Il y voyait une manière d'assujettir les populations, de démoraliser les conspirateurs et, par-dessus tout, de ne pas être abandonné par le Tout-Puissant.

Malheureusement, la foi comportait sa part d'angoisse.

Qu'adviendrait-il si son empire périclitait malgré sa dévotion? Celui servant Dieu courait le risque de Le décevoir. Existait-il pire châtiment pour un homme que d'être abandonné par le Seigneur? Échouer à Le convaincre de la valeur de notre piété sur Terre vaudrait le pire des jugements dans l'au-delà.

Se levant de son trône, Jacques Ier ajusta les bandes ambrées ornant l'ourlet de son pourpoint.

Le besoin d'une ultime épreuve s'imposait. Pour prouver à Dieu qu'il était le mortel le plus dévoué à servir la chrétienté, une sorcière périrait aujourd'hui dans un feu purificateur; une première offrande pour marquer un pacte avec le Divin.

À ce moment, un serviteur, accompagné par des gardes de la compagnie du roi, fit son entrée. À sa constitution, cette élite personnelle de 100 soldats regroupait de grands seigneurs appartenant à différents clans écossais. Plusieurs dé ces hommes valeureux servaient toujours le roi. Le monarque affectionnait toujours son grade de capitaine des armées, attribué par Marie Stuart en 1584, même si ce statut était plutôt symbolique depuis son couronnement.

Le serviteur s'excusa pour son intrusion et annonça une troublante nouvelle. L'exécution de la sorcière par le feu avait été un échec. Il apporta des précisions avec une prudence exacerbée de peur de se voir incomber la responsabilité des mauvaises nouvelles. Le cœur de Jacques Ier se démenait dans sa poitrine comme un petit animal en cage. Le serviteur mentionna que cette femme, après avoir prouvé qu'elle dominait le feu, avait proféré un seul propos : « Je m'appelle Cyrielle Isère, et je suis en dessous de Dieu et supérieure aux hommes. »

Ébranlé par cette déclaration, Jacques Ier se rassit et demanda pardon au Seigneur. Son pacte avec Lui avait été brisé avant même d'être scellé.

4
~

— N ous serons bientôt réunies, ma sœur.
Dans la forêt, Anya Septhe ne
parlait à personne. Elle occupait la
région la plus boisée au sud située à mi-chemin
entre Édimbourg et North Berwick. À l'ouest se
trouvait un petit village. Anya serra les dents
pour s'armer de courage. Elle ne reviendrait pas
sur sa décision : le brasier se déplacerait dans
cette direction.

Grande, large d'épaules, Anya avait les
cheveux noirs et lisses ramenés en une courte
queue de cheval. Elle revêtait une belle robe
d'un violet tirant sur le noir. Une ceinture en
cuir ceignait sa taille élancée. Des bracelets
en cuir entouraient ses poignets et un collier de
couleur grenat contrastait avec sa peau laiteuse.

Elle portait un diadème qui, plutôt que d'en-serrer la tête, tenait de biais de manière à ce que, juste au-dessus de ses sourcils, les pierres d'onyx, épousant la forme de losanges parfaitement taillés, lui donnent une allure sévère, tel un froncement de sourcils permanent. Le bijou était très serré et refusait de bouger, peu importe les mouvements d'Anya.

La femme de 27 ans était déchirée entre la motivation et la honte. Elle s'apprêtait à commettre un crime en incendiant la forêt. Fumée noire et cendre étoufferaient la victoire de la verdure perdurant depuis des années. La panique sévirait parmi les animaux dont plusieurs fuiraient pour échapper à la destruction de leur habitat naturel.

Autour d'Anya, de petits rongeurs frétillaient et des oiseaux juchés sur des branches tournaient nerveusement la tête avant de reprendre leur envol. Ils feraient aussi partie des victimes dans la prochaine confrontation. Dans la forêt, le microcosme du règne animal était cruel, mais il respectait l'équilibre.

Deux larmes coulèrent pour lui caresser doucement les joues. La sorcière les essuya rageusement et elle secoua la tête avec opiniâtreté pour affirmer sa résolution.

Anya ferma les yeux et prit une profonde respiration.

Elle imagina une cavalcade envoyée par Jacques Ier. Elle voyait les chevaux réagir à la chaleur du brasier en s'élevant sur leurs pattes pour expulser les cavaliers tenant une badine ensanglantée dans leur main gantée. Pourvu que ces animaux détectent le piège avant de s'y enfoncer. Le crime qu'elle commettait envers la forêt était inexcusable, et Anya n'en serait que plus impitoyable envers les hommes prêchant l'illusion de l'hérésie.

Utilise ton pouvoir pour repeindre l'environnement et réclamer justice pour toutes les femmes mortes sur un bûcher.

Elle ouvrit les yeux. Cette voix était une musique à la discorde. La colère constituait sa plus grande force et également son pire ennemi.

Ne déçois pas Cyrielle.

Anya avait la capacité de trancher la fleur sous ses racines ou de l'épargner. Telle était sa grandeur et son fardeau.

Le chagrin est l'espoir; sois-en fière. L'euphorie est la colère; méfie-toi d'elle.

La somme des déceptions dans sa vie la conditionnait à la nécessité du changement.

Ça suffit. Il est temps d'entrer en scène.

Quoi qu'il advienne, Anya ne reculerait pas.

— Je ne prends aucun plaisir à ce qui va suivre.

À l'exception de sa trame sonore habituelle, bruissement de feuilles, gazouillement d'oiseaux, murmure du vent, la forêt resta silencieuse à sa confession.

Anya y vit une forme d'assentiment.

Elle imagina Jacques Ier se gausser de la misère infligée aux femmes injustement accusées de sorcellerie. Le souverain n'avait aucune idée de ce qui l'attendait. Peu importe le nombre de soldats l'ayant accompagné pour son voyage, la majeure partie de son armée demeurait stationnée en Angleterre. À Édimbourg, il était vulnérable.

Anya repensa à Cyrielle et eut honte.

Sa maîtresse n'aurait jamais été enlevée si les deux femmes ne s'étaient pas querellées. Des soldats l'avaient probablement assommée avant de lui permettre de se défendre.

Sachant l'inertie qu'était la culpabilité, Anya refusa de se laisser abattre en se rappelant ce qui s'était passé la veille.

Après une longue dispute avec Cyrielle, Anya était allée se recueillir loin de leur demeure dans les bois. À son retour, leur petite habitation avait été pillée. Les bancs étaient chavirés, la huche fracassée et d'autres signes apparents de saccage laissaient craindre le pire.

Anya était retournée à l'extérieur pour détailler l'affiche parcheminée fixée à la porte d'entrée. Elle observait ce type d'enseigne pour la deuxième fois de sa vie. Il était dit que cette forme de publicité allait éventuellement remplacer les crieurs.

L'affiche avait confirmé les craintes d'Anya sur l'enlèvement de Cyrielle. Jacques Ier déclarait la chasse aux sorcières à travers toute l'Écosse. Tout adepte reconnu coupable d'occultisme périrait sur le bûcher à Édimbourg. Le souverain, en visite au château où il avait vu le jour, y voyait une célébration dédiée à la gloire du catholicisme. Les mots étaient accompagnés d'iconographies rustiques dépeignant une chimère animale et humaine affublée de cornes périssant dans les flammes.

Comment les gardes avaient-ils su où trouver les deux femmes habitant ensemble depuis trois ans? La réponse à cette question viendrait plus tard.

Avec ses pouvoirs, Cyrielle n'aurait aucune difficulté à déjouer les flammes, et son exécution par le feu risquait de causer bien des surprises. Cyrielle n'était pas tirée d'affaire pour autant, et Anya devait agir vite. Même avec ses habiletés, impossible de prendre le château de force à elle seule. Ce n'était qu'une fois sorti de sa tanière que le prédateur deviendrait proie.

Pour y parvenir, Anya provoquerait un incendie. Son but était de créer un brasier d'une envergure colossale que même les déités remarqueraient depuis les cieux. Le feu prendrait naissance dans la forêt et elle en maîtriserait la progression pour l'orienter tranquillement vers le village et permettre aux habitants de s'enfuir. La panique se répandrait jusqu'à Édimbourg et Jacques Ier serait contraint d'investiguer. Du moins, c'était ce qu'Anya espérait.

La sorcière fouilla dans la petite escarcelle fixée à sa ceinture. À genoux, elle disposa en cercle des aiguilles de pin hachées. Ensuite, elle utilisa un briquet à silex et de la pyrite pour générer une étincelle. La braise minuscule fut déposée sur les aiguilles.

Anya se leva. Inutile de souffler pour aviver la combustion. Une véritable sorcière ne pouvait générer une flamme, mais, une fois créée, cette dernière lui appartenait.

La sorcière recula. Soudain, le feu s'étala en suivant une forme concentrique à une vitesse folle. Il enjambait les surfaces rudes exemptes de matière combustible pour monter à l'assaut de plantes et d'arbustes. Le feu défiait les lois de la physique en rongeant le tronc des arbres avec une avidité surnaturelle.

Anya avait la pleine maîtrise sur la propagation du brasier.

Des arabesques de fumée se profilaient dans les airs, tels des symboles de profanation souillant le caractère sacré de la forêt. Anya n'en était pas fière. Jacques Ier et ses serviteurs la forçaient à réagir, et elle voyait dans ses actes le reflet de leur propre responsabilité.

Pour l'instant, la sorcière ne quitterait pas sa position, laissant l'incendie agir à titre d'émissaire pour communiquer son message de guerre. Ensuite, elle se révélerait et exposerait ses habiletés exceptionnelles.

— Je m'appelle Anya Septhe, et je suis en dessous de Dieu et supérieure aux hommes.

5

Adelphe Eudes arriva dans la petite ville de Berwick-upon-Tweed. Elle était située au nord de l'Angleterre à quatre kilomètres de la frontière écossaise. Le périple d'Adelphe en bateau avait été long, et plusieurs jours s'étaient écoulés depuis son départ du Vatican. Il parlait parfaitement italien et anglais.

La ville de Berwick-upon-Tweed avait été au centre de nombreuses guerres entre l'Angleterre et l'Écosse pendant des siècles. Depuis 1482, elle avait été reconquise par les Anglais et son développement ne cessait de croître en raison de sa position stratégique sur la frontière séparant les deux nations.

Quittant les quais, Adelphe s'enfonça dans la ville. Partout où il passait, il suscitait des regards d'admiration et de crainte.

Début trentaine, mince, musclé, Adelphe était plus grand que la majorité des voyageurs. Ses traits fins contrastaient avec son visage anguleux dont chaque arête saillante évoquait une pointe d'aspérité.

Pour un homme servant l'église, sa tenue était peu orthodoxe. Il portait une aube, mais au-dessus de la ceinture, la robe avec épaulettes était ornée de liserés rouges et moulait le buste. Le col était également rouge, rappelant davantage les fonctions et l'autorité des cardinaux que celles des prêtres. Sous la taille, le vêtement était ample et ajusté de manière à ne pas entraver les enjambées d'une course rapide. Il portait des chaussures souples parfaitement adaptées pour la marche. La tenue dénotait un aspect quasi militaire, et non religieux. Adelphe disposait d'un chapeau dans son sac en bandoulière regroupant ses affaires, mais il n'aimait pas le porter, même lorsque le soleil ardent était à son paroxysme. Le dernier élément de son accoutrement était celui générant le plus de fascination. Dans son dos, Adelphe traînait un grand arc en bois taillé en une seule pièce. En

Angleterre, il était dit que la longueur de cette arme équivalait à l'envergure et à l'adresse de l'archer.

Adelphe aborda trois paysans pour obtenir les directions menant à North Berwick. Les renseignements se ressemblaient d'un individu à l'autre et il fut certain d'emprunter la bonne route en plongeant dans les bois. En dormant peu, il pourrait rejoindre North Berwick en moins de deux jours.

La ville avait une écurie. Adelphe disposait de suffisamment d'or et d'argent pour acheter un cheval, mais il préférait marcher. Les chevaux permettaient d'aller plus vite, mais ils étaient bruyants. Adelphe préférait se déplacer discrètement. C'était un bon moyen pour repérer le danger avant de se faire piéger.

Le visage fouetté par le vent, il se revoyait quitter le Vatican avec un large sourire. Il avait espéré regarder pour la dernière fois cette cité d'illusions. Un triomphe d'architecture et de prétention humaine n'étant que ruine dans son esprit.

Adelphe avait grandi dans un petit village en Italie. Sa famille était pauvre. Plus jeune, il voyait d'un mauvais œil les redevances payées aux seigneurs en échange de protection pour les villageois et leurs troupeaux, ainsi que tout autre type de privilège. C'était une forme de soumission et une manière de fortifier l'élite royale à laquelle Adelphe ne pourrait jamais appartenir. En grandissant, son obéissance envers les seigneurs s'était muée en respect. Les souverains étaient les dieux vivants offrant l'aumône aux personnes de son rang. Il ne voulait plus les détester et désirait se rapprocher d'eux. Les monarques constituaient le symbole de l'aristocratie, dont les lignées marquaient le temps de manière immuable. Adelphe était croyant et en était venu à considérer le Vatican comme le paradis sur Terre.

Lorsque le mal l'avait trouvé, son respect pour le pape s'était transformé en besoin. Il avait 27 ans et n'avait toujours pas d'enfant. Ses parents le lui reprochaient continuellement. Au village, ses trois frères aînés comptaient plusieurs rejetons, ce qui avait créé une séparation entre lui et le reste de sa famille. Pour cette raison, il n'avait confié à personne les manifestations de son horrible pouvoir. Seules les plus hautes institutions religieuses en ce monde pouvaient l'aider.

Après la troisième apparition de l'entité, Adelphe s'était enfui, et il s'était promis de ne jamais revenir. Quelques jours plus tard, affamé et épuisé, il avait atteint le Vatican. Sale et puant, les vêtements en loques, il avait été traité en vagabond et menacé par les gardes qui veillaient à l'entrée de la Cité. Une brève et concluante démonstration de son don avait suffi à lui ouvrir les portes.

Il avait répété son exploit devant le capitaine de l'armée et des cardinaux en suppliant qu'on le guérisse. Ensuite, le pape Clément VIII en personne avait voulu observer ce don exceptionnel. Adelphe s'était rendu compte pour la première fois des conséquences auxquelles il s'exposait s'il était qualifié d'hérétique.

Au cœur de la chrétienté, il avait approché la plus noble institution du monde dans l'espoir de démystifier et vaincre son fardeau. La religion était faite pour rapprocher les hommes du divin, et Adelphe avait toutes les raisons de se tourner vers Rome, ou plutôt son État enclavé qu'était le Vatican, pour s'affranchir du mal résidant en lui.

Rien ne s'était déroulé comme prévu.

La présence d'Adelphe avait été gardée secrète dans la Cité et il avait été entraîné pour devenir une arme au service du pape

Clément VIII. Une reconnaissance très perfide pour lui qui se croyait damné.

Il avait été naïf. La perspective du pouvoir absolu garantissant le règne de la chrétienté était prioritaire à la détresse d'Adelphe. Les grandes puissances saisissaient les occasions favorables au détriment des besoins du peuple.

Ce qu'il considérait comme une malédiction avait été élevé au titre de profession. Il était devenu un démonologue. Son talent unique lui permettait de soutirer les aveux des ennemis de l'Église sans recourir à la torture.

Depuis son enrôlement, le respect qu'il vouait au Vatican et aux monarques avait commencé à se fragiliser. Adelphe se voyait devenir un outil. Le mal qui l'habitait était toléré tant qu'il servait l'Église. Il avait désiré l'absolution du pape, et non son approbation.

Au Vatican, Adelphe avait côtoyé un autre mal : celui de la cupidité et du mensonge derrière le fondement sacré de la religion. Il servait de nobles pécheurs et les aidait à conserver une illusion vertueuse.

L'idée d'une rébellion sommeillait en lui, mais il n'était pas encore prêt à la mener. Puis, en 1605, après trois ans à pratiquer la démonologie, il avait appris une histoire qui avait tout changé et lui avait donné de nouvelles aspirations. Cette même année avait été le début du pontificat de Paul V, qui avait succédé à Clément VIII.

Préoccupé par la montée des rapports concernant des sorcières, Paul V avait délégué Adelphe pour investiguer et séparer le mythe de la réalité en Angleterre. Son talent unique avait très bien servi les intérêts de la chrétienté, et le pape comptait exploiter le pouvoir des sorcières pour le bien de l'Église. S'il existait, Adelphe devait l'étudier ou mieux, se l'approprier.

Investi de cet important mandat, le démonologue avait quitté le Vatican.

Seulement, Adelphe allait déroger à sa mission et en remplir une autre en son nom. Son employeur désirait affermir une institution en découvrant les secrets des sorcières ; lui souhaitait exploiter leurs aptitudes pour ses propres fins. Le Vatican croirait avoir perdu la maîtrise sur lui alors qu'il ne l'avait jamais eue. En trois ans de service, Adelphe en était venu à feindre son allégeance.

Dès son départ, ses intentions étaient d'agir sans le consentement du pape Paul V. Devenu un expert en démonologie, Adelphe s'intéressait particulièrement à une théorie ancestrale sur le péché originel. L'arbre portant les fruits de cette faute impardonnable existait toujours, mais il était caché dans une forêt dotée d'une conscience. Un endroit unique en Écosse, qui agissait comme un labyrinthe vivant en détournant les voyageurs pour interdire l'accès à l'arbre mythique. Seulement le feu des sorcières viendrait à bout de cette forêt surnaturelle.

Selon la légende, celui qui mange un fruit de cet arbre peut précipiter la mort de tous les pécheurs en ce monde en infligeant et maîtrisant la pestilence.

C'était une légende qu'Adelphe espérait vraie, son but étant de devenir un monarque universel capable d'imposer une religion monothéiste à toute l'humanité.

Adelphe ne doutait pas de la véracité de cette histoire, car elle avait été rapportée par une entité qualifiée de démon.

Je suis Caïn.

Ces trois mots avaient tout changé pour Adelphe. Il polarisait encore ses craintes et ses préoccupations. Il les avait entendus pour la première fois dans son village en Italie et ils continuaient à le hanter depuis. Adelphe se tournait vers ce mythe avec les mêmes attentes que lorsqu'il s'était livré au Vatican. Cette fois-ci serait différente, car il détiendrait la faculté de tout changer.

Le feu des sorcières te permettra de trouver cet éden. Une seule suffira.

Une autre question, plus alarmiste, chercha à invalider cette folle ambition.

Es-tu certain de placer ta foi au bon endroit ?

Le démon le tenaillant était très réel alors Adelphe n'avait aucune raison de mettre en doute l'existence de l'arbre portant les fruits du péché originel.

Après avoir acheté des denrées et de l'eau, le démonologue, sous le regard appuyé de nombreux villageois, s'engagea sur une route dans la forêt en direction de North Berwick. Plusieurs personnes voyaient en lui un homme solitaire et déterminé. Ils ignoraient que, depuis la première manifestation du démon, Adelphe n'était jamais seul.

Je suis Caïn.

6

HIVER 2015

Norah et son petit ami, Daan, avaient loué un chalet dans les Cantons-de-l'Est pour une période de quatre jours, soit du jeudi au dimanche. L'endroit comprenait une chambre avec un lit double et une autre avec deux petits lits. La cuisine était grande et un foyer au bois se trouvait dans le salon.

Les propriétaires étaient un couple dans la soixantaine qui s'exilait au sud et louait le chalet durant l'hiver pour le rentabiliser. Le prix était raisonnable et les arrangements s'étaient faits par téléphone. La dame s'était excusée de ne pas offrir le câble. Norah l'avait rassurée, précisant qu'ils venaient au chalet pour la tranquillité, et non pour regarder la télévision.

Un ami du couple était venu remettre les clés à Daan.

Norah était heureuse. L'idée d'une longue fin de semaine bercée par la chaleur d'un foyer dans les bras de son amoureux l'enchantait.

Elle avait 26 ans et Daan, 29. Elle avait les yeux bruns en amande et les cheveux auburn coupés à la nuque. Cheveux bruns frisottés, traits fins, Daan avait un visage engageant qui inspirait confiance.

Norah et lui se fréquentaient depuis huit mois. Ayant été célibataire depuis plus de deux ans, elle n'avait plus à répondre aux sempiternelles questions pour justifier son célibat. Comme elle était jolie, l'insistance des membres de sa famille et de ses amies était tenace, et elle se retrouvait à défendre un statut n'ayant rien de honteux. Maintenant, elle n'avait plus à refuser les avances de prétendants obscurs vantés par des cousines éloignées. Elle s'entendait bien avec Daan et aucune dispute importante n'avait éclaté pour mettre leur couple en danger. La nuit, il était agréable de partager son lit, les rapprochements s'y prêtant ayant commencé à lui manquer.

Le samedi, ils avaient passé l'après-midi complet à faire du ski à Bromont. En soirée,

enveloppés dans une couverture, ils observaient les bûches crépiter dans le foyer.

— Isère, ce n'est pas très courant comme
nom de famille, releva Daan au bout d'un long
silence.

Norah poussa un petit soupir empreint de
patience.

— Tu me le dis souvent, mon amour. En
plus de te répéter, tu brises la romance.

— Comment me faire pardonner ?

— Avec les mots, je pense que tu n'y arri-
veras pas. Tu vas devoir improviser.

Il se rapprocha et étira la tête pour un baiser.
Au moment où Norah fermait les yeux et offrait
ses lèvres, Daan lui pinça le bras gauche. Elle
sursauta et lui donna une claque sur l'épaule.

— Tu devrais faire plus d'efforts, si…

Il combla la distance entre eux et étouffa
la douce accusation en posant tendrement ses
lèvres sur les siennes.

Lorsqu'il recula, Norah conserva le silence
pour savourer l'instant.

— Voilà qui est mieux, dit-elle

— Je suis excusé alors ? s'enquit-il.

— Ça dépendra de ton inspiration ce soir.

Rongée par les flammes, une bûche libéra
un craquement sec dans une petite explosion

de tisons. Les braises rougeoyantes pulsaient, imitant un être vivant dont la poitrine se soulevait et s'abaissait au rythme de sa respiration. Le feu déclinait et Daan se leva pour remettre du bois.

Enveloppée jusqu'au cou, Norah s'agita sous l'épaisse étoffe. Sa coupe de vin vide était posée sur le plancher de bois franc à ses pieds.

Après avoir alimenté le feu, le jeune homme prit leurs verres.

— Je vais nous resservir.

— Un autre geste attentionné pour te faire pardonner.

— Tu as raison. Lorsque le vin fait son effet, tu oublies plus facilement.

N'aimant pas ce genre de réplique, elle lui fit une grimace. Souriant, Daan détala vers la cuisine.

Se tapotant la lèvre inférieure, Norah porta son attention sur le feu. Maîtrisé, il s'avérait un merveilleux compagnon. Elle appréciait le mouvement langoureux des flammes évoquant un groupe de danseurs s'ébattant avec passion. Elle avait toujours aimé le feu, et son attrait n'avait rien de mal intentionné comme le désir d'en allumer un.

Son amoureux revint et lui tendit la boisson rouge. La sienne en main, il se glissa sous la couverture avec aisance sans renverser une seule goutte. Norah prit une gorgée tandis que Daan but la moitié de son verre. Légèrement grisée par les effets des précédentes gorgées, elle demanda d'une voix suave :

— Tu ne m'embrasses pas ?

Arborant un air innocent, il fit mine de réfléchir.

— Ou je pourrais te chatouiller à nouveau ?

Au moment où la jeune femme allait répondre, la main de Daan lui pinça la peau au-dessus de la hanche.

Surprise, Norah tressaillit et renversa plus de la moitié de sa coupe sur la couverture.

— Désolé, s'excusa Daan en bondissant sur ses pieds. Je suis bête. Je vais chercher une serviette sèche pour essuyer.

Il disparut dans le couloir menant à la salle de bain.

Norah but le reste de sa coupe d'un trait avant de reporter son attention sur le feu. Son regard fixa les flammes pendant qu'elle se laissait enivrer par le doux liquide velouté. Les tisons épars ressemblaient à des étoiles scintillantes arrachées au firmament.

La jeune femme sombrait dans un agréable envoûtement. Inspirée par un jeu ingénu, elle souffla en direction du foyer pour raviver les tisons timides et inviter le feu à s'animer avec ardeur. L'inspiration de ce geste fut candide, mais il s'imposa à son esprit avec la ténacité du commandement. Norah avait la curieuse impression de plonger au cœur d'une complicité ancienne.

Soudain, les flammes enflèrent avec une vitalité défiant les vestiges de bois demeurant dans le foyer.

L'effet de l'alcool fut suspendu. Norah eut réellement la sensation d'influencer et de générer ce qui venait de se produire.

Est-ce possible ? Ce n'est tout de même pas moi qui ai…

Le vin commençait réellement à jouer avec ses perceptions. Son amoureux fit irruption dans le salon à ce moment.

— Je cherchais des serviettes rouges pour mieux masquer mon crime, mais…

Il s'interrompit, la stupéfaction de la jeune femme ayant momentanément interrompu le cours de ses pensées.

— … il n'y en avait pas, termina-t-il en brandissant un linge ocre.

Sa tentative d'humour ne parvint pas à dénouer le visage tendu de sa conjointe. Norah était consciente que sa réaction médusée méritait une petite explication.

— Ça ne va pas ? demanda-t-il.

— Tu sais, un Alois Lageder Cabernet. C'est mon vin préféré.

Elle se pinça la lèvre pour feindre l'évidence et exposer sa propre surprise à celle de son amoureux.

Daan se gratta l'arrière de la nuque en souriant.

— Je te laisse le terminer pour excuser ma maladresse, dit-il en récupérant son verre pour le lui tendre.

— Comment pourrais-je voir rouge avec une si belle attention ?

— Nous sommes vraiment drôles, parfois.

— Nous avons nos moments.

Elle lui fit un clin d'œil complice en lui prenant la coupe. Puis, Daan s'affaira à nettoyer le vin renversé sur la couverture. Dans le foyer, les flammes s'étaient réduites et elles n'élevaient aucune suspicion. Norah se demanda si elle pourrait les raviver uniquement en se concentrant. Puis, Daan l'entraîna vers d'autres sujets et la jeune femme passa d'une distraction à une autre.

Néanmoins, la fascination pour cet incident perdura. Avait-elle sciemment projeté une forme d'énergie sur le feu? D'un autre côté, une fois son état aviné dissipé, tiendrait-elle réellement à se questionner sur un bref événement probablement naturel? Norah aimait le croire, jugeant que cette histoire méritait un autre chapitre avant de s'éteindre.

7

~

ÉTÉ 1605

Dans la ville de North Berwick, le soleil se pointait pour repousser la nuit avec le pinceau de sa lumière.

Flaure se réveilla alors que son père, Adrien, était debout.

Leur petite maison se répartissait sur deux étages. Elle était construite en bois et en torchis. Le toit était recouvert de chaume, de branches tressées et d'ardoises. Au deuxième étage, la chambre de Flaure était attenante à celle de son père.

À cette époque, les gens avaient l'habitude de prendre deux repas par jour : le déjeuner au milieu de la journée et le dîner en soirée. Les plats principaux étaient des ragoûts et des potages. Dans le cas d'Adrien, il aimait grignoter le matin avant d'entamer une dure journée de labeur. Généralement, il avalait des figues, des raisins secs ou un quignon de pain.

Adrien avait les cheveux bruns et les yeux noisette. Père et fille se ressemblaient beaucoup. À 45 ans, il conservait une forte musculature et un ventre plat grâce à son travail physique. Il était d'une grande douceur.

La nuit, contrairement à Flaure, impossible pour lui de dormir d'un sommeil de plomb. Le moindre bruit était susceptible de le réveiller. Ce mécanisme biologique lui permettait de veiller continuellement sur sa fille. Adrien était alerte, et un intrus avançant à pas feutrés avait peu de chance d'échapper à son oreille fine.

— Tu as bien dormi? demanda-t-il lorsque Flaure vint le rejoindre dans la cuisine.

Elle portait une nuisette blanche et marchait pieds nus.

— Pas trop mal. Je ne te poserai pas la question. À quand remonte la dernière fois où tu as dormi une nuit complète?

Les épaules d'Adrien tressautèrent pour réprimer un frisson.

— Il y a trop longtemps, acquiesça-t-il avec sérieux.

— C'était avant ma naissance ?

— Chose certaine, je peux les compter depuis ta venue au monde.

Flaure fut émue par cette réponse.

Adrien exerçait le métier de charpentier. Les bûcherons lui apportaient le bois pour fabriquer divers objets. Il confectionnait et rénovait principalement des toits de maison. Ses principaux outils étant la hache et la scie.

Flaure était tisserande. Elle employait un métier à tisser récemment acquis, mais préférait encore utiliser ses aiguilles, qui permettaient une meilleure mobilité. Elle pouvait ainsi travailler dehors, respirer l'air frais et sentir la brise. Les murs de leur maison ne devaient jamais gâcher l'appréciation d'une belle journée. Elle se servait principalement de laine, de lin et de chanvre. Flaure concevait principalement des draps et des vêtements à une époque où l'artisanat était maître et où l'industrialisation n'avait pas encore terni l'essence de ce métier.

La jeune femme prit place face à Adrien, qui mordit à pleines dents son morceau de pain. Son père l'observait avec un sourire en coin, séduit par un élan de fierté.

— Quel est ton horaire pour aujourd'hui ? s'enquit-elle.

— Comme il fait beau et qu'il a plu ces deux derniers jours, je vais en profiter pour réparer la toiture de la maison de la famille Gauvin.

— Pourquoi ne pas inviter Gaël pour un repas ?

La question prit Adrien de court. Sans qu'elle manifeste de l'intérêt ou de l'indifférence pour Gaël, ce type de proposition était nouveau et pour le moins intrigant.

Masquant sa contrariété, Adrien séparait le pain entre ses doigts avec beaucoup plus de lenteur. Les gestes trahissaient une profonde réflexion. La nuance était subtile, mais parfaitement notable pour Flaure.

La jeune femme avait fréquenté brièvement deux hommes du village. Sans jamais devenir injustement réprobateur, son père se montrait attentif et protecteur dans une attitude tempérée à la limite d'inspirer l'inconfort.

— Je travaille avec Gaël et je le vois presque tous les jours, releva Adrien sur un ton monocorde.

— Alors vous devriez bien vous entendre et trouver facilement des sujets de discussion.

— Tu n'es pas heureuse en ma compagnie ? offrit-il en posant des petits yeux chagrinés sur elle.

— Il y a quatre chaises à cette table et nous sommes continuellement deux. Faire grimper le nombre à trois pour une soirée serait divertissant.

— Je lui en glisserai un mot, indiqua-t-il poliment sur un ton pour clore le sujet.

Son père mâchouilla le pain avec une vigueur renouvelée ; un signe que sa décision était prise. Flaure fut sceptique et redouta qu'il omette volontairement d'en parler à Gaël.

— Si tu n'arrives pas à le convaincre, je pourrai insister.

Adrien cessa de mastiquer.

— Inutile. Gaël est une vraie tête de mule. S'il dit non, la réponse est catégorique.

— Une tête de mule ? Cela me rappelle quelqu'un. Vous devez bien vous entendre.

Le propos railleur se voulait désinvolte et le sourire de la jeune femme était une trêve de bonnes intentions.

— À merveille. C'est avec ma fille que j'ai plus de difficulté. Que veux-tu, elle retient de son père.

Il lui lança un morceau de pain que Flaure attrapa au vol. Elle l'engloutit et observa Adrien avec sérieux.

— Allez, s'il te plaît. Convie Gaël à nous accompagner pour un repas. Nous passerons une soirée agréable. J'en suis persuadée.

Adrien allait répondre, mais Flaure leva la main en signe de protestation.

— Tout a été dit. Maintenant, tu as besoin d'y réfléchir. Je te connais.

Les affirmations étaient justes, alors inutile d'argumenter.

— Dors là-dessus, conclut Flaure avec un clin d'œil.

Elle se leva et monta dans sa chambre s'habiller.

Malheureusement, Gaël ne les rejoindrait pas pour un dîner. Adrien échafauderait des excuses et l'entêtement de sa fille n'y changerait rien. Recevoir Gaël sous son toit reviendrait à lui donner son assentiment pour renforcer sa relation avec Flaure. L'amitié venait toujours avant l'amour et Adrien devait préserver une distance entre eux. Le contraire risquait de troubler l'efficacité de Gaël à la protéger.

Car le jour où il ne serait plus là pour veiller sur Flaure, ce serait à Gaël de prendre le relais. Les deux hommes avaient conclu un pacte, et Adrien avait la certitude que Gaël ne le décevrait pas.

Pour cette raison, la distance serait maintenue.

8

~

À Édimbourg, de nouveau seul sur son fauteuil dans la salle du trône, Jacques Ier réfléchissait.

Après l'exhibition de Cyrielle à déjouer le feu, le roi avait ordonné son emprisonnement. Jetée dans la cellule la plus sombre du château, elle avait été conduite par des soldats craignant des représailles fourbes. Sans l'usage d'aucune arme, cette femme avait semé la peur dans ses troupes et le capitaine en second avait dû recourir à la menace pour se faire obéir par ses subalternes.

Les témoins étaient devenus une audience consternée et l'écho de cet événement amplifiait l'affolement du peuple. Le roi ne pouvait le nier, étant lui-même affecté par cet effet délétère ; une faiblesse qu'il n'allait jamais reconnaître.

Devait-il récidiver maintenant et ordonner l'exécution sommaire de Cyrielle ? Le souverain redoutait cette initiative. Que se passerait-il si la sorcière déjouait à nouveau sa sentence ? Devait-il la faire éliminer dans le donjon pour éviter la panique en cas d'insuccès ?

Non, Jacques Ier tenait à ce que la peine soit publique pour calmer la population. Éradiquer cette frayeur élèverait son courage.

L'occasion créait la légende.

Il devait faire en sorte que son règne perdure et surpasse celui de la reine Élisabeth Ire. Elle l'avait choisi et la responsabilité lui incombait de s'élever à la hauteur de cet honneur.

Jacques Ier était continuellement partagé entre idolâtrie et mépris pour cette grande femme. À cet instant, ses déboires et ses problèmes lui inspirèrent un moment de compassion pour l'ancienne reine.

Née en 1533, elle avait régné pendant 44 ans. Son propre père avait fait exécuter sa mère lorsqu'elle avait trois ans. Après avoir passé un an dans un cachot pour soutenir ses convictions protestantes, elle avait succédé à sa sœur Marie, qui avait régné pendant cinq ans.

Elle a défendu la religion et a été récompensée en accédant au trône.

Les mains cramponnées aux avant-bras de son fauteuil, Jacques Iᵉʳ eut une révélation.

Élisabeth Iʳᵉ avait conservé ses idéaux et ils lui avaient servi à gagner et préserver sa couronne. Elle avait été excommuniée par le pape Pie V, en 1570. Les tentatives d'assassinat s'étaient multipliées et avaient toutes échoué.

Elle était du côté de Dieu, et non du pape ; sa destitution n'avait pas entraîné sa chute.

Elle a été protégée par le Seigneur. Élisabeth Iʳᵉ privilégiait l'uniformité entre protestants et catholiques, et le pape a insisté pour conserver un clivage.

Durant son règne, la reine avait limité les interventions militaires, préférant stabiliser l'Empire britannique sans recourir aux guerres. Sa nature diplomate ne l'avait pas empêchée de remporter d'importantes batailles. Un bel exemple était lorsque, en 1585, l'Espagne avait tenté de conquérir l'Angleterre et que l'Armada espagnole avait été vaincue par les Anglais trois ans plus tard.

Les réflexions de Jacques Iᵉʳ sur l'ancienne reine l'amenèrent à réfléchir à son propre passé.

Lorsqu'il était roi des Écossais, il s'était rendu au Danemark, un pays très engagé dans la chasse aux sorcières. Le monarque s'était intéressé aux croyances magiques. Il y voyait un embranchement spécifique de la théologie. De retour en Écosse, il avait assisté au procès des sorcières de North Berwick.

Pourquoi es-tu revenu si près de ce lieu maudit ?

Jacques Ier secoua la tête et revint à ses souvenirs.

Ce procès avait été marquant. Agnes Sampson avait proclamé être détentrice de pouvoirs occultes et avait affirmé être à l'origine des tempêtes dirigées contre les navires du monarque. Préoccupé par ces menaces, le roi avait rédigé un traité en démonologie s'opposant aux pratiques de sorcellerie. Pour montrer son engagement, il avait lui-même élaboré des séances de torture contre celles qui conspiraient avec le malin.

Puis, en 1599, le roi des Écossais avait traversé une période de doutes. Avait-il cédé aux chimères et aux lubies en faisant condamner à mort des innocentes ? Cette indulgence n'avait pas perduré.

Les pressions pour gouverner efficacement lui avaient fait renouer avec ses anciennes craintes.

Dans leur essence, les sorcières incarnaient l'ennemi de Dieu, et Jacques Ier désirait se rapprocher du Créateur en les exterminant.

Le roi fut satisfait de ses réflexions. L'exécution de Cyrielle lui servirait à prouver sa foi.

Au même moment, Anya Septhe, la protégée de Cyrielle, venait d'allumer un brasier dont l'ombre envelopperait toute l'Écosse.

9

Des champs de blé, bordant la forêt incendiée par Anya, étaient ravagés par le feu.

Comme les paysans assuraient d'acheminer les récoltes aux seigneurs, le village subissait une grave perte. Nul doute que le plan d'Anya forcerait Jacques Ier à intervenir.

Un quadragénaire barbu, du nom de Jehan, avait les bras douloureux à force de transporter des seaux d'eau. Gardant l'espoir d'endiguer le feu, il exhorta les hommes lui prêtant mainforte à accélérer.

Jehan avait combattu des incendies dans le passé, mais jamais un de cette taille ou de cette « nature ». Celui-là était différent.

Le vent soufflait très fort dans la direction opposée du brasier. Pourtant, les flammes s'entêtaient à cheminer en direction de leur village. L'avidité pour le blé était comme si le feu s'en nourrissait réellement. On l'aurait dit doté d'intentions.

Impossible !

Que devait-il en déduire ? L'homme préférait ne pas sombrer dans ce genre d'hypothèses. Mieux valait redoubler d'efforts et combattre le brasier jusqu'à lui arracher son dernier souffle dans un nuage de fumée noire.

Tu n'es tout simplement pas assez intelligent pour figurer la scène.

Les citadins d'Édimbourg donneraient une explication adéquate.

Si jamais ils te font grâce de leur savoir, tu pourras t'en réjouir. Actuellement, tu as un feu à combattre.

Déterminé, Jehan scandait des mots d'encouragement à ses confrères au visage atterré. Il avait les yeux irrités et peinait à respirer.

Les flammes dansantes suivaient un rythme n'ayant rien d'un mouvement naturel : le feu était capricieux et se déplaçait à sa propre guise. Il refusait de faiblir et déjouait l'élément de l'eau. Le liquide le stimulait au lieu de l'affaiblir et il en faisait une déclaration d'hostilité ; une flèche défaitiste tirée au cœur des vaillants volontaires tentant de l'éradiquer.

— Plus vite, sinon nous perdrons toute la récolte ! vociféra Jehan.

Les paysans s'activèrent avec l'énergie du désespoir. Leur expression était ciselée dans une détermination fragile, se fissurant chaque fois qu'un seau d'eau était lancé sur le brasier moqueur.

Après une heure additionnelle d'insuccès, voyant les hommes prêts à abdiquer devant la combativité de l'ennemi, il devint impératif pour Jehan de solliciter de l'aide.

— Toi ! dit-il avec fermeté.

Il parlait fort pour couvrir les bruits générés par l'incendie et les cris des paysans s'activant à transporter l'eau.

L'interpellé, un jeune homme âgé d'une vingtaine d'années, accourut vers Jehan. Bougeant avec vélocité et maladroitement, il manqua de le percuter en s'arrêtant à quelques centimètres de son visage.

— Prends un cheval et fonce au château d'Édimbourg pour informer Jacques Ier de ce qui se passe ici.

Les yeux écarquillés comme si Jehan s'était adressé à lui dans un langage abscons, le jeune homme pivota, courut et se réorienta dans la bonne direction pour rejoindre l'écurie.

Jehan était certain que des soldats dépêchés par Jacques Ier viendraient s'enquérir de la situation.

Si le monarque croit à des inepties de la part du messager, la fumée noircissant le ciel le convaincra.

Encouragé par cette pensée, Jehan prit le seau à ses pieds pour jeter son contenu dans le brasier, qui l'accueillit comme une offrande pour le narguer.

Même une eau bénite ne viendrait pas à bout de ce feu de l'enfer. Que Dieu nous vienne en aide.

10

Quittant sa couche, Cyrielle s'assit à l'encoignure formée par deux murs de pierre, dans le coin le plus sombre de sa cellule. La paille composant son grabat était si limitée qu'il était presque plus confortable de s'étendre sur le sol. Cyrielle fut secouée par une violente quinte de toux. Elle espérait ne pas être emportée par la maladie. Ce serait une belle ironie alors que le feu avait été incapable de la terrasser.

Elle avait les cheveux rouge cuivré. Ses yeux gris-pers étaient très pâles et se confondaient avec le blanc de l'œil. Elle conservait en permanence une expression sérieuse et dégageait beaucoup d'autorité. Toutefois, amoindrie et humiliée dans sa cellule, sa prestance s'étiolait.

Jacques Ier n'avait aucune idée à quel point son emprisonnement dans un cachot limitait ses pouvoirs. Entourée de fer et de pierre, elle était impuissante. Elle ne pouvait créer la flamme et ne disposait d'aucun objet pour générer une étincelle.

Le pouvoir des sorcières était de manier le feu, d'en faire une extension de leur pensée.

Même si Cyrielle parvenait à manipuler une flamme, il n'y avait presque rien à brûler ici. De petits amas de paille se profilaient au loin, mais les embraser reviendrait à créer une deuxième prison avec des barreaux de fumée. De plus, le manque de nourriture et la déshydratation rendaient le moindre effort de concentration éprouvant. Jacques Ier avait expressément insisté pour que la sorcière ne reçoive aucune ration.

Cyrielle se massa les épaules pour se réchauffer, même si la température était chaude. Le froid venait de l'intérieur, un germe insidieux nourri par la tristesse et l'isolement.

Pour s'évader du sentiment d'âpreté la meurtrissant, Cyrielle s'abandonna à la nostalgie.

Des souvenirs de l'époque où elle vivait avec son mari à Saint-Andrews, une petite ville au bord de la mer, affluèrent. Elle aimait la quiétude de cet endroit. Elle entendait le roulement des vagues s'étirant sur la plage pour venir lécher les galets. Au loin, durant les plus belles journées de l'année, les couleurs du ciel et de la mer s'amusaient à dissoudre la ligne de l'horizon. L'un se gorgeait de la splendeur de l'autre pour créer ses propres illusions de beauté sous la voûte changeante du soleil et de la lune.

Tant de choses s'étaient passées, tant de torts à redresser dont ceux commis envers Cyrielle et ceux dont elle était responsable.

Depuis, le temps avait filé comme une flèche jusqu'aux tout récents événements. Cyrielle et sa protégée habitaient une demeure située en retrait du village dont Anya détruisait actuellement les champs. Les deux femmes n'avaient pas échappé aux rumeurs de sorcellerie. Cyrielle avait manqué de vigilance et avait été assommée par des soldats mandatés pour traquer les hérétiques.

À son réveil, elle était dans les entrailles du château d'Édimbourg. Pressé d'endiguer le mal des sorcières gangrénant la sainte terre de l'Écosse comme la peste, Jacques Ier ne lui avait pas accordé un tribunal. Comprenant qu'elle serait menée au bûcher avant la fin du jour, elle avait saisi cette occasion. On lui offrait une chance exquise, celle de démontrer publiquement l'existence réelle de l'ennemi imaginaire à qui Jacques Ier croyait livrer bataille.

Cyrielle avait fait son entrée sur la place publique sous les huées des citoyens en colère lançant de petits objets. Elle avait fait abstraction des cris engendrés par un tumulte grandissant, un auditoire avide de jugements. Elle avait attendu et avait laissé les soldats la jeter en pâture devant une multitude de témoins ignares. À l'heure du jugement, Cyrielle avait prouvé que la beauté et la vertu du feu n'étaient pas celles que l'homme en faisait. Ironiquement, le mythe que Jacques Ier s'efforçait d'éradiquer avait donné une preuve de son existence. En plus, Cyrielle avait invalidé la méthode de prédilection du souverain pour combattre le malin. Le feu était l'arme des sorcières, et non des crieurs soutenant l'Inquisition.

Cyrielle relégua ses pensées à l'oubli. Une forte quinte de toux l'assaillit et son corps fut parcouru d'un frisson. Son estomac criait famine. Depuis sa dispute avec Anya, elle n'avait rien avalé. Cyrielle appuya ses paumes sur son front. Elle était étourdie et redoutait de chuter si elle marchait de long en large dans sa cellule pour dégourdir ses jambes ankylosées.

Avant le jugement dans l'au-delà, une sanction doit être appliquée sur cette Terre, car c'est là que les crimes de Jacques Ier sont perpétrés.

Une pensée honorable ayant néanmoins peu d'effets dans sa présente situation.

Les gardes l'observant au loin furent remplacés par des confrères. Ils la lorgnaient en discutant à voix basse pour ne pas se faire entendre. Cyrielle devenait un objet de curiosité, un animal exotique dont l'attaque sournoise faisait craindre. Leurs courts échanges n'inspirèrent aucun rire ; une preuve alléguant qu'on ne se débarrassait pas facilement de ses peurs.

Cyrielle n'y vit aucune victoire, pas plus qu'une consolation. Elle poussa un profond soupir teinté d'amertume.

Elle devrait trouver une façon de sortir de sa cellule. Comme Jacques Ier se disait au service de Dieu, Cyrielle ignorait vers qui se tourner pour implorer sa libération.

Ce fut à ce moment qu'un jeune homme à cheval arriva au château d'Édimbourg pour rapporter une terrible nouvelle.

11

~

HIVER 2015

Laurens Corentin avait les cheveux noirs parsemés de mèches blanches. Quarante-neuf ans, grand et large d'épaules, les quelques livres qu'il avait gagnées au fil des ans avaient contribué à le rendre plus imposant. Il exerçait la profession de psychiatre à l'Institut Philippe-Pinel.

Dans son appartement situé dans l'arrondissement d'Outremont, Laurens avait réaménagé sa salle à manger en petit musée. Autour d'une grande table, plusieurs tableaux se bousculaient l'espace sur les murs. Tous dépeignaient le portrait du souverain Jacques Ier.

Depuis les dernières semaines, pour des raisons que Laurens avait encore de la difficulté à expliquer, il était devenu fasciné par ce personnage historique.

Jacques Ier avait entrepris une mission dans le passé et il n'avait pas réussi à la terminer.

Pourquoi était-il obsédé par cette pensée ? Pourquoi s'imposait-elle à son esprit ?

Ses tableaux, Laurens les avait acquis par l'intermédiaire de sites en ligne parfois douteux. Certains étaient clairement annoncés comme des répliques et d'autres, apparemment authentiques, affichaient un prix similaire aux imitations ; un fait laissant douter de leur exactitude.

L'authenticité des toiles importait peu pour le psychiatre. Les répliques étaient suffisamment convaincantes pour le satisfaire. Entouré des tableaux, Laurens plongeait dans une époque reculée où la monarchie constituait le pouvoir ultime. Les rois équivalaient aux entrepreneurs et aux milliardaires contemporains. Les souverains ne se cachaient pas et ils dirigeaient leur peuple avec une ferveur n'ayant pas l'écho de politiciens démagogues. Récemment, le psychiatre leur vouait un attrait teinté de respect.

Jadis, Laurens ne conservait aucun souvenir de ses rêves. Le monde des songes lui était complètement étranger. À son réveil, les images étaient confuses, et ses efforts pour les garder à la lisière du souvenir étaient vains. Elles se dissolvaient, sans la moindre esquisse significative pour remonter à leur origine.

Dernièrement, le psychiatre conservait intégralement le souvenir de ses fabrications oniriques ; une transition radicale avec sa précédente inaptitude à s'expliquer la trame des songes composant ses nuits. Un changement intéressant et difficile à comprendre.

Depuis, il vivait ce qu'il aimait qualifier de saine obsession.

Personne n'est immunisé contre la folie.

Laurens était bien placé pour le savoir avec son travail. Il la côtoyait quotidiennement et redoutait son emprise. Il n'y avait pas si longtemps, il avait jugé les changements notables de sa personnalité comme un signe précurseur d'écroulement mental.

Tu n'en es plus certain, aujourd'hui. N'est-ce pas ?

Depuis l'acquisition des peintures, le psychiatre s'était construit un antre pour se recueillir. Il aimait s'entourer de ses toiles. Les portraits constituaient des complices silencieux, des receleurs d'influence dont Laurens chérissait l'impact plutôt que de le craindre.

Les changements s'opérant en lui devenaient bénéfiques. Les doutes étaient des ténèbres, et ses réflexions apportaient une connaissance élargissant son spectre de perspectives ; une nouvelle périphérie où l'âme apprenait à se définir en l'explorant. Et dans cette perfection éthérée, au cœur de ses rêves, le psychiatre entendit une voix.

Les schizophrènes aussi entendent des voix.

Laurens secoua la tête. C'était différent.

Tes patients te disent la même chose.

Laurens refusait de se laisser troubler dans son havre de paix. La voix qu'il entendait ne l'entraînait pas dans la folie : elle l'emplissait de sérénité.

La psychologie et la psychiatrie établissent des règles s'apparentant davantage à la religion et non à la science. L'esprit humain ne se réduit pas à une série de données et de références. Les croyances constituent l'ultime manière pour s'élever.

Dans le monde des songes, la voix était l'absolution. Elle était le début d'une vérité dont Laurens ignorait l'existence. Elle était la preuve que, pour trouver sa route, une personne devait se perdre dans les dédales de son esprit.

Les schizophrènes se détachent du monde réel et prennent refuge dans la désillusion.

Le psychiatre ferma les yeux et prit une profonde respiration.

Cesse d'analyser ce qui t'arrive avec des symptômes de maladie mentale. Tu n'as jamais été aussi bien.

Avant que la voix habite ses rêves, la vie de Laurens était devenue un néant. Chaque jour, il s'enlisait dans l'amertume. Avec cette voix, les ombres du malheur s'étaient effilochées, devenant des reflets hâves tanguant dans un dernier souffle avant de disparaître.

D'abord les peintures, puis la voix avaient permis à Laurens de retrouver son aplomb et de se détacher de la tourmente banale du quotidien.

Ses rêves se déroulaient au Moyen Âge et la voix, venant de nulle part, prononçait seulement trois mots. Le psychiatre ne les avait jamais répétés à personne. Il les conservait jalousement pour lui. Pas question de les partager avec des collègues pour qu'ils alimentent les spéculations et l'interrogent en feignant un intérêt. Son isolement découlait inéluctablement de l'apparition de ces trois mots. Laurens les chérissait tel un trésor et il ne désirait pas les faire briller devant quiconque. Son ordre d'importance les retranchait de tout partage. En les prononçant, une personne se les approprierait. Ces mots lui appartenaient et il ne voulait les voir colportés sur aucune lèvre. Ils devaient subsister uniquement dans ses rêves et sa mémoire pour rester à l'abri du monde réel. Laurens s'amusait à les répéter sans cesse comme une combinaison ouvrant sur le merveilleux.

Depuis l'achat des toiles, il ne regrettait pas son obstination bornée et sa réclusion exacerbée. Il s'était distancé de ses amis et entretenait le minimum d'interactions avec ses collègues au travail. Certains restaient passifs envers son changement de comportement, d'autres, interrogateurs. Les questions témoignaient d'un souci de bienveillance à la limite de l'inquiétude. Le psychiatre se voulait rassurant, mais ses réponses concises et son agacement délibéré ne dupaient personne. Les gens n'insistaient pas, concluant que cette attitude rageuse finirait par passer au fil du temps. Plusieurs l'attribuaient au départ de sa femme, qui l'avait quitté avec leurs deux enfants bien avant l'émergence de la voix.

Une part de lui reconnaissait que le contexte expliquant son retranchement du monde était discutable. Puisqu'il était un homme de raison, sa capacité d'analyse devrait avoir le meilleur sur un obscur ensorcellement.

Laurens n'adhérait pas à cette logique élémentaire pour une simple raison : sa saine obsession avait balayé la rancœur. Revenir sur sa précédente conduite constituerait une régression.

Dans la salle à manger, le psychiatre joignit ses mains comme s'il s'apprêtait à prier sous l'œil attentif de Jacques Ier.

Une saine obsession.

Les rêves avaient débuté lorsqu'un nouveau patient avait été admis à l'Institut Philippe-Pinel. Laurens aurait dû faire le lien, car peu après, il avait été confronté à une stupéfiante révélation.

Le patient se nommait Justin Fauberg. Il souffrait d'un trouble dissociatif de l'identité (TDI). Cette maladie était difficile à prouver et les sceptiques concluaient à une fabrication mensongère érigée par des experts désirant prouver un diagnostic à partir d'une fabulation. D'autres, tout aussi sarcastiques, y voyaient un prétexte pour manipuler une cause judiciaire où l'accusé plaidait la folie afin de réduire une sentence ou d'y échapper.

Il était vrai que la maladie soulevait beaucoup de questions légitimes, et les patients souffrant d'un TDI étaient rares. Fauberg était un cas intrigant, mais son comportement erratique et de longues périodes de mutisme avaient d'abord prêté à une évaluation plus complexe et potentiellement erronée. Le psychiatre avait soumis Justin à une batterie de tests pour déterminer si sa condition s'expliquait par une dysfonction physiologique. Les résultats médicaux avaient infirmé cette possibilité, et le diagnostic du trouble dissociatif de l'identité s'était précisé.

Justin était amorphe et paresseux. Il possédait une deuxième personnalité, répondant au nom de Jarne, avec qui il se disputait continuellement. Justin se réfugiait dans un rôle de victime et d'incompris, tandis que Jarne se montrait beaucoup plus acerbe avec ses reproches.

Justin avait créé un opposant lui donnant la réplique pour justifier sa torpeur perpétuelle. En rejetant le blâme l'un sur l'autre, les personnalités se détachaient de toute responsabilité. Elles étaient apathiques et les rares manifestations de Jarne survenaient lorsque Justin sombrait dans un épuisement extrême. D'abord, Laurens avait cru qu'il s'agissait de la même personne, mais une écoute attentive lui avait prouvé que Justin présentait plus qu'une interprétation convaincante. L'un avait connaissance de l'autre, mais aucun n'était capable de se remémorer leur précédente discussion. Laurens n'était jamais parvenu à les prendre en défaut, et Justin était d'une telle indolence qu'il ne croyait pas assister à un minutieux stratagème destiné à le confondre.

C'était un cas atypique, ne résultant pas d'un traumatisme profond. L'oisiveté avait fait de Justin une personne effondrée, partageant le fardeau de la nonchalance en la divisant en deux personnalités.

Puis, un jour, alors que Laurens menait une thérapie avec Justin, un autre personnage avait fait son apparition. S'attendant à rencontrer Jarne, le psychiatre avait été décontenancé.

Les yeux de Justin étaient devenus brièvement blanchâtres. Puis, un nouveau regard, acéré et intelligent, avait été posé sur Laurens. Le corps était devenu un piètre vaisseau pour introduire un protagoniste unique. Le psychiatre était-il devant une personnalité dominante cachée jusqu'à maintenant ?

Trois mots avaient été prononcés.

Ensuite, ses yeux s'étaient révulsés et, revenant à lui, Justin avait secoué la tête. Interrogé sur ce qui venait de se produire, le patient n'en gardait aucun souvenir.

La personnalité de Justin et celle de Jarne ne s'excluaient pas. Elles n'avaient jamais fait mention d'un troisième personnage dont elles rejetaient l'existence.

Laurens était sceptique. Cette entité s'était-elle manifestée pour lui ? Le psychiatre aimait le croire. Les changements majeurs affectant sa vie prenaient soudain un sens ou, plutôt, trouvaient une continuité. C'était prodigieux et Laurens devait en savoir plus.

Seulement, la nouvelle personnalité avait refusé de se révéler une seconde fois et, avant que Laurens puisse percer ce mystère, Justin avait quitté l'institut et été remis au soin de sa mère divorcée. Jugeant ce renvoi précoce, Laurens s'y était opposé, mais les patients étaient suivis par une équipe multidisciplinaire regroupant médecins, psychiatres, psychologues, socio-thérapeutes et infirmiers, et son opinion n'avait pas fait l'unanimité. Entre-temps, il se remémo-rait sans cesse son entretien avec Justin dans les moindres détails pour déceler le rituel entraînant l'apparition de la troisième personnalité. Laurens avait la certitude qu'il reverrait Justin tôt ou tard. Dorénavant, il aimait l'appeler le Patient zéro.

Dans la salle à manger, il se leva pour se rapprocher de la fenêtre du salon et pianoter sur son rebord.

La veille, le psychiatre avait écouté la télévision sans manifester le moindre intérêt pour les manchettes composant l'actualité ; il avait notamment été question de criminels dangereux s'étant évadés de prison.

Ce ne sont pas les véritables monstres.

Les monstres réels avaient appris à se cacher au fil des siècles. Leur capacité d'adaptation était aussi impressionnante que leur faculté à dissimuler la malice les définissant. Laurens aimait croire que cette malice pouvait aussi avoir un sens vertueux.

Les monstres existent réellement et les débusquer sera ton salut, ta gloire personnelle livrant les réponses sur l'au-delà.

Toute sa vie, le psychiatre avait été incomplet, inachevé. Il avait tenté de s'investir dans son métier et sa relation familiale pour y puiser une joie de vivre. Cette route avait tranquillement érodé son moral pour le conduire à la déchéance. Sa femme et ses enfants l'avaient quitté. Depuis, il avait exercé son travail de manière mécanique et sans passion.

Jusqu'à ce qu'il entende la voix dans ses rêves et que les trois mêmes mots soient prononcés par Justin.

Laurens allait le revoir. D'ici là, ses songes continueraient à se définir pour l'émerveiller.

Le psychiatre quitta la fenêtre. L'obscurité de la nuit recelait peu de frayeur comparativement aux ténèbres habitant l'esprit. Pour Laurens, nul doute qu'à travers cette noirceur résidait la plus brillante des lumières.

Je suis Caïn.

Telles avaient été les paroles que le Patient zéro lui avait adressées.

12

ÉTÉ 1605

J acques Ier occupait ses appartements privés. Depuis son retour en Écosse, il limitait les échanges et préférait réfléchir sans solliciter l'avis de quiconque.

La chasse aux sorcières n'était pas terminée. Elle ne l'avait jamais été et Cyrielle Isère en était la preuve incarnée. Et comme un problème ne venait jamais seul, le monarque pesait la troublante nouvelle qui lui avait été rapportée dans la salle du trône.

Un feu surnaturel consumait une forêt non loin d'Édimbourg. On disait surnaturel, car l'eau, tel un liquide volatil, le ravivait plutôt que de l'apaiser.

Le feu.

Toujours cet élément au cœur du chaos. Jacques Ier avait une sorcière dans une cellule et un brasier rebelle sur ses terres. Le monarque eut une idée.

Combattre le mal par le mal.

La formule était un peu insipide, mais elle dénotait une logique indéniable. L'incendie dans la forêt refusait de s'éteindre et Cyrielle étouffait les flammes avec sa pensée.

Cyrielle !

Il détestait ce nom parce qu'il serait difficile à effacer. Pour quelqu'un désirant marquer les époques, il n'existait rien de plus frustrant que de connaître une personne risquant de lui voler sa gloire et devenir l'ombre de sa légende. La renommée était la couronne la plus prestigieuse qui existe et Jacques Ier la désirait plus que tout au monde. Il refusait qu'elle lui soit disputée par ceux conspirant avec l'occulte.

Combattre le mal par le mal.

Jacques Ier allait faire un exemple avec Cyrielle pour gagner le respect du peuple et honorer la volonté du Tout-Puissant afin d'assurer son salut.

La meilleure manière pour y parvenir consiste à détruire l'archétype de celui ou de celle servant l'enfer.

En échange d'une promesse de liberté, cette femme allait-elle réellement arrêter cette catastrophe ? Avait-elle la capacité de le faire ? Conduire Cyrielle sur le lieu de l'incendie était-il un choix risqué ou avisé ?

Quoi qu'il en soit, un feu finit toujours par mourir. Celui-là ne ferait pas exception même s'il s'avérait plus tenace. À la longue, il ne serait plus qu'un vestige de cendre, un mausolée de fumée se dissipant pour calmer les clameurs superstitieuses. Ensuite, Cyrielle serait éliminée par le capitaine en second menant la compagnie au village, et le problème avec elle serait réglé.

Jacques Ier avait pris sa décision. Il espérait qu'elle suffise à lui faire oublier cette femme. Ensuite, la chasse aux sorcières se poursuivrait. Plus que jamais, le mal serait éradiqué en Angleterre, en Écosse et en Irlande. Dieu en serait son témoin.

13

Le soleil brillait sans un nuage à l'horizon pour cacher son rayonnement.

Adelphe poursuivait sa route. Parfois, des fleurs diaprées s'étiraient à travers les hautes herbes au vert verdoyant. Les sons émanant de la forêt étaient harmonieux et paisibles.

Soudain, Adelphe s'arrêta.

Au-delà d'une butte escarpée, des pas venaient vers lui. Prêtant l'oreille, Adelphe évalua un groupe de trois ou quatre personnes. Ne pas masquer son approche ne supposait pas une attaque furtive. N'empêche que la vigilance prévalait en tout temps. Autre que le bruit des pas, Adelphe percevait des échanges brefs et des rires. Il entendait également le cliquetis de chaînes s'entrechoquant.

Adelphe attendit jusqu'à ce que des têtes percent le sommet de la colline. Une fois qu'il fut repéré, le petit groupe se tut et continua sa marche sans se presser pour le rejoindre.

Trois hommes blancs formant un triangle avec un Noir enchaîné au centre.

Celui le plus en avant était svelte et avait un nez crochu de rapace. Il revêtait une broigne usée aux nombreuses plaquettes métalliques manquantes. Boudée par le soleil, la pièce d'armure dégageait peu d'éclats moirés. Il portait des braies avec des lacets lui enserrant les chevilles. Les deux hommes l'accompagnant étaient plus petits et plus ronds que le svelte. L'un avait un nez camus et l'autre, une moustache mal taillée. Ils portaient des vêtements amples dépareillés. Une ceinture en cuir usée ceignait la taille des trois hommes et tirait du côté de leur épée bien en vue dans leur fourreau. Ils traînaient tous un sac en bandoulière chargé d'objets. Le Noir était vêtu de loques bistrées. Des chaînes entravaient ses chevilles et ses poignets.

Le svelte s'approcha avec un sourire courtois, la main posée sur le manche de son épée, comme prêt à dégainer. Puis, il croisa les bras et hocha rapidement la tête pour saluer Adelphe.

— Oh là, mon brave ! Je m'appelle Perrick.

— Enchanté, dit Adelphe en évitant de se nommer.

Perrick ne s'en formalisa pas. Il conservait un air amical invitant à la confiance. Il avait un visage émacié et des pommettes saillantes. La chair de son menton proéminent évoquait un tissu sur le point de se déchirer.

— Un prêtre portant une aube comme la vôtre est plutôt rare.

Qui te dit que je suis prêtre ?

— Impressionnant, cet arc, poursuivit Perrick en pointant au-dessus de la tête d'Adelphe, à l'endroit où l'arche de bois tendue rejoignait la corde. Pour la chasse ou pour vous défendre ?

— Ça dépend à quel gibier j'ai affaire.

Le ton était ferme et catégorique. Surpris de cette réponse, Perrick tarda à répliquer.

— Tu as raison. Un homme n'est jamais trop prudent.

Perrick renifla bruyamment et se déplaça entre Adelphe et les autres comme pour incarner un médiateur.

— Tu es seul ? Tu ne devrais pas.

Il détailla Adelphe avec intérêt.

— Pourquoi donc ?

— L'avantage du nombre reste un choix avisé pour affronter l'inconnu.

À force de vouloir se montrer naturel, Perrick exposait un air guindé. S'efforcer de le masquer avec une sympathie exacerbée rendait l'artifice apparent.

Adelphe distingua le bout d'une crécelle pointant à l'extrémité du sac difforme de Perrick fermé avec un cordon. Plusieurs objets poussaient sur les coutures. Le démonologue imaginait mal Perrick armé d'intentions ingénues pour distraire des enfants. L'impression devint une certitude lorsqu'il distingua de petites taches de sang constellant l'étoffe du sac. Cette preuve attestait que de précédents voyageurs, ayant croisé la route de ces brigands, avaient probablement fait l'erreur d'offrir une résistance pour préserver leurs possessions.

Perrick s'humecta les lèvres avant de se composer un sourire avenant.

— Que fait donc un homme seul sur cette route déserte ? s'enquit-il avec une bonhomie excessive.

— Pourquoi insister sur cette question ? demanda le démonologue.

— Quoi donc ? questionna Perrick, réellement confus.

— La confirmation que je pourrais être seul ?

— Comme je le disais, un homme n'est jamais trop prudent. Les ramas de voleurs font légion.

Un discours parfait pour un bandit.

— J'ai pris du retard et je m'affaire à rejoindre mes compagnons.

— Nous n'avons croisé personne sur notre route, releva Perrick.

— Alors ils vous ont aperçu avant que vous les voyiez et ils ont préféré se dissimuler pour éviter une rencontre.

L'homme accueillit la remarque comme une insulte élevée à un compliment.

— Je ne savais pas que nous faisions si peur.

Il se tourna vers ses complices pour solliciter leur accord. Le prisonnier conservait la tête inclinée. Un curieux sourire en coin détonnait avec son corps crispé dans la soumission.

— Tu as tout faux. Crois-moi, ce sont eux qui font peur.

Des esquisses de méfiance apparurent sur le visage de Perrick, qui déclara :

— Inutile de nous mentir. Nous ne sommes pas dangereux pour un voyageur solitaire.

Tu continues d'insister pour savoir si je suis seul ou non.

Cette duplicité était sommaire et Adelphe en perça les intentions.

Caïn est prodigieux pour abreuver un homme de mensonges. Toi et ta bande n'êtes que des enfants égarés dans ce jeu de traîtrise.

Néanmoins, Adelphe restait sur ses gardes. Subtilement, il palpa le manche de sa dague sous son aube. Son arme la plus effilée restait Caïn, qu'il décochait avec le tranchant de la pensée.

Adelphe riva ses yeux sur l'homme à la peau d'ébène portant des entraves.

— Celui-là ne semble pas libre ?

L'attention étant dirigée sur lui, le Noir baissa la tête.

— L'esclavage est monnaie courante de nos jours.

Adelphe avait entendu des histoires où des hommes et des femmes, vivant en Afrique, étaient vendus et déportés pour devenir des serviteurs. Étonnant qu'une victime de ce commerce peu honorable se trouve à la frontière entre l'Écosse et l'Angleterre. Perrick s'exprimait en anglais et aucun des trois individus encerclant le Noir n'affichait de signes distinctifs de l'une ou l'autre des deux nations.

— À combien s'élève le prix de la vie d'un homme ?

Les deux comparses derrière Perrick échangèrent un regard sous-entendu.

— Je ne saurais dire puisque nous l'avons « libéré » en châtiant les responsables de son emprisonnement.

Adelphe assimila l'information avec un air absent.

— Curieuse logique si vous ne lui rendez pas sa liberté, précisa-t-il.

— Une juste remarque, concéda Perrick. Cet homme ne souhaite pas briser le contrat dont il est l'objet. Vois-tu, le seigneur qui fera son acquisition lui promet gîte et nourriture. Il lui offre des conditions sécurisantes qui se font rares d'où il vient. C'est un traité équitable pour lui si le seigneur l'hébergeant tient parole pour récompenser ses services. Nous allons donc l'accompagner et, si l'honnêteté de son futur employeur se confirme, nous le laisserons entre ses mains avec une totale tranquillité d'esprit.

Difficile de croire à un étalage de bonnes intentions quand la victime se murait dans le silence.

— Si vous l'accompagnez, le recours à la chaîne est-il nécessaire ? insista le démonologue.

Les yeux de Perrick se rétrécirent pour indiquer un mécontentement contenu. Néanmoins, il se maîtrisa.

— Il a quitté son pays en esclave et souhaite se présenter comme tel à son futur employeur.

Employeur ? Bel euphémisme pour étouffer le terme « maître ».

Tant de questions méritaient d'être posées. Le Noir avait-il exposé sa situation et ses souhaits en s'exprimant en anglais ? Comment espérer un marché probant avec « l'employeur » si l'autre partie ayant conclu l'entente avait été écartée de force ? Peu importe les réponses livrées, elles ne feraient que renforcer l'évidence de la supercherie. Adelphe releva une dernière observation.

— Pourquoi formez-vous un triangle autour de cet homme ? Pour garantir sa sécurité ou pour l'empêcher de fuir ?

Des zones d'ombre dansèrent sur le visage de Perrick.

— Ce prisonnier a étranglé lui-même l'individu chargé de conclure la transaction avec le seigneur. Il est plus dangereux avec des chaînes que sans.

N'aurait-il pas été préférable pour Perrick d'éviter de mentionner ce stratège plutôt que d'en informer un inconnu croisant fortuitement leur route ? La prudence frôlant la paranoïa restait la meilleure méthode pour assurer la survie. Et si ces hommes dérogeaient à ce concept élémentaire, c'était qu'ils avaient autre chose en tête.

Perrick s'obstinait à inspirer une empathie irréprochable, mais la recherche de cette perfection trahissait la suspicion. Pour une personne n'ayant pas le talent de son ambition, une tactique un peu trop calculée paraissait peu naturelle.

— Pardonne-moi, dit Perrick sans paraître le moindrement navré. Nous parlons et parlons. Ton groupe va s'inquiéter. Tu devrais reprendre la route et vite le rattraper.

Adelphe remarqua que l'homme au nez camus derrière Perrick avait approché sa main du fourreau contenant son épée.

— Je vous ai menti, admit le démonologue en conservant le ton égal de celui impossible à ébranler.

Perrick arbora une expression ravie.

— Je savais depuis le début que tu étais seul.

— Ce n'est pas tout à fait vrai, le corrigea Adelphe. Celui qui m'accompagne peut m'aider subitement et réduire votre nombre à trois en l'espace d'une seconde. Son intervention est imminente, considérant que vous avez l'intention de me déposséder de mes maigres biens et de m'abandonner dans un état mourant ou sans vie.

Les trois hommes s'observèrent en silence.

— Tu nous prêtes de troublantes arrière-pensées.

Sans prendre l'allure de diatribes, les assertions diplomates s'étiolaient pour exposer un discours émaillé de reproches modérés.

— Tu n'es pas très convaincant et encore moins honnête, renchérit Adelphe. Pourquoi ne pas te confesser? Après tout, tu es en présence d'un prêtre.

Perrick renifla et son visage s'assombrit. Son piètre jeu d'acteur était de moins en moins crédible.

— Je parie que tu proviens d'une bonne famille de bourgeois.

Perrick posa un regard acéré sur Adelphe. Il le jugeait comme un citadin appartenant à une classe faste qui, contrairement à lui, n'avait jamais connu la faim ou la misère.

— Tes dires ressemblent à une accusation.

Adelphe s'exprima calmement sans prendre ombrage de la provocation de Perrick.

— Tes vêtements sont trop propres.

Adelphe s'agenouilla et promena ses mains sur le sol pour saisir deux grosses poignées de terre.

— Que fais-tu? demanda Perrick, impatient.

Le démonologue étala la poussière sur ses vêtements.

— C'est mieux comme ça?

Il secoua les mains et regarda Perrick de biais pour ne pas chercher son approbation. Son détachement eut pour effet de l'énerver.

— Ce n'est pas assez éloquent, déclara-t-il.

Adelphe ne répondit pas.

Plutôt que de dégainer son épée, Perrick tira une dague d'un étui accroché à sa ceinture dans son dos. Il pointa la lame vers Adelphe.

— Il te faudrait quelques cicatrices pour te rendre plus crédible.

Ses compagnons approuvèrent en gloussant. Même le Noir enchaîné ne put dissimuler son sourire.

C'est un complice, et non un esclave. J'en suis persuadé.

Ce geste invitant à la confrontation ne choqua pas le démonologue. Il se réjouissait même de remplacer ce dialogue stagnant par des actions décisives.

— Je n'aime pas beaucoup les dagues, confessa Perrick. Elles me font penser à un tronçon d'épée ayant manqué de fer pendant sa conception. Et toi, tu ne mérites pas mieux que de mourir au bout d'une arme risible.

— Ta lame est émoussée et ta main est tremblante. Tu devrais d'abord t'exercer sur ton propre visage avant de me couvrir de cicatrices.

— Ma main est tremblante? rétorqua Perrick sur un ton réprobateur. Ma lame est suffisamment tranchante pour t'ouvrir le ventre et je n'ai pas peur de toi.

— Ça ne devrait pas tarder.

— Ma main ne tremble pas! s'égosilla-t-il en postillonnant.

— Mais si, insista Adelphe.

Il leva les mains à la hauteur de ses épaules dans un geste apaisant pour gagner quelques secondes additionnelles.

— Ce qui va survenir est votre faute, déclara Adelphe en s'adressant au quatuor. Vos actes témoignent d'une absence de lumière et, dans cette noirceur, les gens comme moi ont tous les droits sur les pécheurs comme vous. Dieu seul peut vous venir en aide.

— Ça suffit, intervint l'homme au nez camus. Nul doute qu'il est seul. Nous avons assez perdu de temps. Ce qui est à ce prêtre est maintenant à nous. Servons-nous et finissons-en.

La discussion, ayant été une manœuvre pour anticiper le danger, prenait fin. Le coup d'œil de Perrick trahissait la convoitise d'un larcin et l'imminence d'un homicide.

Il baissa la lame au niveau de sa taille et, la pointe dirigée sur le ventre d'Adelphe, s'avança dans le but de l'éviscérer.

Il s'immobilisa après un pas. Ses yeux se révulsèrent, devenant blanchâtres l'espace d'une seconde avant de revenir avec une nouvelle étincelle ; deux dômes nacrés derrière lesquels Caïn avait une emprise.

Perrick se désintéressa d'Adelphe et fit face à ses complices.

— Qu'attends-tu pour lui régler son compte ? s'enquit l'homme au nez camus.

Il s'appelait Anselin.

— Mon invité vient de faire son apparition, expliqua Adelphe. J'aurais dû vous mettre en garde : il a le défaut d'être très envahissant.

— Je suis Caïn, annonça Perrick.

La voix était exactement la même, mais le regard et la posture sonnaient faux.

Adelphe avait utilisé son pouvoir pour invoquer le démon Caïn dans le corps de Perrick.

Caïn apposa la lame sur sa joue gauche. Il appliqua une pression et la pointe effilée fit naître deux longues lèvres de chair gorgées de sang.

— Tu es malade ! éructa Anselin. Arrête !

Son comparse allait le dépasser pour s'en prendre à Adelphe lorsque, vif comme l'éclair, le démon lui perfora la cuisse avec un coup de dague. L'homme s'écroula en hurlant. Il enserrait sa blessure pour tenter de freiner l'hémorragie.

La stupeur retarda le temps de réaction d'Anselin. Caïn l'affronta.

— Que t'arrive-t-il, Perrick ? Tu es possédé ou quoi ?

Il dégaina finalement son épée.

— Tu ne saurais mieux dire, répliqua Caïn.

Anselin se tourna vers l'esclave.

— Aide-moi.

Le visage horrifié, l'interpellé exposa la duperie de sa capture en se défaisant de ses entraves sans effort. Les suspicions d'Adelphe s'avérèrent fondées : le Noir était en vérité un complice. Il s'enfuit, indifférent au sort de ses acolytes.

Adelphe récupéra son arc et une flèche avec une dextérité d'expert. Il visa et tira sans hésiter. La pointe acérée se logea au niveau des vertèbres lombaires du Noir. Propulsé vers l'avant, il s'effondra en poussant un cri strident. Affalé, il geignait en battant frénétiquement son bras droit vers la flèche perforant cruellement sa chair.

Choqué, Anselin reporta son attention sur Caïn.

— Que se passe-t-il?

Le démon le dévisagea avec amusement.

— Permets-moi de tester ton amitié.

Il inversa son poignet et laissa tomber la dague. Les mains tendues, il avança doucement vers Anselin.

— Arrête, ordonna-t-il sans conviction, le front ruisselant de sueur. C'est de la folie.

La démarche indolente de Caïn fit place à un enchaînement de mouvements précis. Il combla la distance le séparant d'Anselin et le prit de vitesse en lui assénant un coup de poing au visage. Le choc le tira de sa stupéfaction. Tenant solidement son épée à deux mains, Anselin pointa la lame vers le démon.

— Ne m'oblige pas, l'avertit-il.

Sa petite tête engoncée dans ses épaules tombantes suivait le moindre geste de Caïn, qui le surprit néanmoins. Ne cherchant pas à le contourner, il se jeta directement sur l'épée pour attraper la lame avec ses mains. Indifférent au saignement, le démon poussa sur la partie tranchante de manière à la rapprocher d'Anselin.

L'homme au nez camus était effrayé à la vue des mains mutilées de son comparse ; son courage et sa force s'amenuisaient. Caïn en profita pour le désarmer. Tenant toujours fermement la lame avec les mains, il amena le tranchant sous le bras d'Anselin pour lui infliger une profonde entaille.

Il poussa un cri fluet en s'écroulant comme si le coup l'avait atteint aux jambes. La blessure était grave, mais heureusement pour Anselin, l'artère axillaire ne fut pas sectionnée. Il comprima l'entaille en jurant pour réfréner l'écoulement de sang.

Les mains blessées de Caïn l'empêchaient de serrer les poings. Un détail sans importance puisqu'il était un corps étranger dans cette marionnette de chair.

Adelphe avait lesté son arc et il observa le démon approcher sans manifester la moindre émotion. Personne du quatuor n'était mort, mais les blessés se tordaient de douleur. Perrick ne ferait pas exception une fois Caïn banni.

— Si c'était de moi, je les saignerais jusqu'à induire un silence permanent dans leur carcasse de viande.

Indifférent à la souffrance, il détailla ses blessures.

— Inutile, protesta Adelphe. Ils ne représentent plus une menace.

Caïn cherchait à capter le regard du démonologue qui s'entêtait à détourner les yeux.

— Leur espérance de vie est très faible, souligna le démon. C'est presque miséricordieux de les achever.

— Nous leur laissons une chance. À eux de la saisir.

Suivi de Caïn, Adelphe s'était déplacé pour récupérer l'une des entraves du brigand qui jouait à l'esclave. Il la soupesa et fut satisfait de son poids lourd.

— Pourquoi les laisser en vie ? Ces hommes t'auraient tué sans hésiter. Tu places ta confiance dans de mauvaises certitudes.

— Et tu en es la preuve.

Adelphe chassa Caïn.

Aucun rituel chargé de paroles grandiloquentes ne fut requis. L'invocation et le bannissement se produisaient à une rapidité stupéfiante.

Retrouvant ses esprits, Perrick commençait à peine à sentir la sourde douleur lui brûlant les mains qu'Adelphe lui asséna un coup violent avec le revers de l'entrave. Perrick tomba net. Au sol, son corps n'effleura pas l'esquisse d'un tressaillement. La manœuvre avait-elle été fatale ? Adelphe ne le croyait pas et il ne comptait pas vérifier les signes vitaux du brigand.

Si je tombe dans une embuscade, ce ne sera ni aujourd'hui ni de cette manière.

Affublé d'une grimace, Adelphe laissa retomber l'entrave. Les trois autres malfaiteurs continuaient à gémir.

Le démonologue soupira. Difficile de compter le nombre d'invocations où il avait permis à Caïn de posséder un corps. Toutefois, il n'oublierait jamais leur première rencontre.

Je suis Caïn. Rappelle-toi ce moment.

Le démon lui avait sauvé la vie et Adelphe avait tout fait pour le chasser depuis.

Là n'est pas l'heure pour revenir sur le passé.

Adelphe reprit la route. Les lamentations des hommes blessés s'étaient taries, mais leur indisposition les empêchait de se relever.

Le visage contrit, le Noir se mit à déblatérer un flot d'inepties en voyant le démonologue approcher.

— Tu es le diable, dit-il en crachant de l'écume rouge. Sorcellerie ! Sorcellerie !

Ses lèvres charnues tressautaient à chaque parole. La panique avait une pleine emprise sur lui.

Adelphe fit un crochet pour le contourner. Ce ne fut pas suffisant pour rassurer le malheureux. Apeuré, il recula vers la lisière de la forêt. Il aggrava sa blessure et le saignement s'accentua. Il ressemblait à une énorme limace libérant une traînée rouge sombre évoquant de l'encre ; l'écriture viscérale d'un être à l'agonie.

Le Noir formula une litanie de questions, ponctuée de proférations destinées à le protéger du mal. Son incompréhension chiffonnait son visage et il paraissait avoir vieilli de 10 ans.

Adelphe aurait volontiers répondu à ses interrogations s'il avait connu les réponses. La vérité lui échappait et sa première rencontre avec Caïn avait été marquée par une terreur ressemblant à celle exprimée par le Noir.

Le démonologue monta le chemin escarpé au pas de course. Le sort de ces hommes n'était plus entre ses mains. Libre à eux de prier, mais pour l'avoir fait si souvent dans le passé, Adelphe s'était tourné vers une autre voie que celle parsemée des silences de Dieu.

14

~

R apportant la nouvelle du brasier décimant une forêt à l'est d'Édimbourg, Jacques 1er offrit à Cyrielle un discours intéressant. Au fond de sa cellule, vêtue d'ombres, la sorcière fut intriguée par l'indigence de ressources du monarque pour qu'il sollicite son aide. Le roi conservait un air digne et s'exprimait d'une voix impérieuse pour dominer sa propre peur. Il ne dispensait plus son autorité comme un élixir pour éduquer une inculte, et il utilisait sa condescendance pour marquer l'urgence.

Cyrielle avait une idée de la responsable de ce feu surnaturel et elle y vit une occasion favorable. La situation était pour le moins intéressante et suscitait forcément l'inquiétude pour que lui, le grand souverain d'Angleterre, d'Irlande et d'Écosse, se déplace pour venir à SA cellule. La discussion se déroulait dans les cachots, et non dans la salle du trône. Le roi préférait encore parader ses beaux habits dans les couloirs lugubres menant aux cellules plutôt que de sortir la bête de sa cage et de la faire escorter jusqu'à lui. Ce premier rapport de force était en faveur de Cyrielle et il lui conférait un grand pouvoir de négociation. La sorcière en éprouva beaucoup de fierté.

Sortir du château faciliterait son évasion, peu importe le nombre de soldats assignés à sa surveillance. Éventuellement, une occasion se présenterait ou Cyrielle la créerait si nécessaire.

Pendant que Jacques Ier lui offrait une libération en échange de ses services, Cyrielle imaginait une femme brûler vive sur le bûcher. Ses cris d'agonie se superposaient aux promesses du roi pour les infirmer, ternissant un honneur entaché par le sang de femmes innocentes. N'eût été ses facultés, c'était exactement ce qui lui serait arrivé.

Cyrielle revoyait la terreur du bourreau constatant que le feu était impuissant à l'atteindre. Elle avait perçu la panique chez lui.

Cyrielle accepta le marché de Jacques Ier. Le monarque, après avoir lissé ses chausses et son pourpoint avec complaisance, se retira sans lui répondre.

Une heure plus tard, la sorcière fut transférée de sa prison à une cage fixée sur une charrette tirée par un cheval.

Jacques Ier avait bien choisi ses effectifs pour conduire Cyrielle à la forêt incendiée. Le capitaine en chef s'appelait Théobald. C'était un homme imposant aux sourcils broussailleux et à la barbe noire mouchetée de poils blancs. Ses fossettes en angle ressemblaient à des têtes de lance. Il avait la réputation d'être intransigeant et, lorsqu'il beuglait des directives, sa voix monocorde enflait à chaque mot prononcé.

Théobald commandait une cinquantaine de soldats qui l'assisteraient pour escorter la sorcière. Le pouvoir confirmé de Cyrielle à maîtriser le feu ne l'impressionnait pas. Plusieurs des hommes l'accompagnant détaillaient la prisonnière avec une appréhension à peine voilée. Frottant sa barbe rêche en maugréant, Théobald dégaina son épée.

Le tintement métallique fit sursauter les soldats préoccupés à observer Cyrielle.

Maintenant qu'il avait l'attention de tout le monde, le capitaine en chef déclara :

— Vous savez que cette femme a déjoué les flammes qui devaient l'immoler.

La moue dubitative de Théobald afficha un sourire moqueur. Il agita tranquillement son épée pour que la lame revête des reflets moirés.

— Ruse et astuce : rien de plus, rien de moins. La supercherie n'en sera que plus évidente lorsque nous gagnerons le lieu de l'incendie et que cette femme s'avérera impuissante à l'arrêter.

Devant la menace, Cyrielle resta de marbre. Théobald reconnaissait qu'elle conservait un flegme étonnant.

Vous verrez, quand l'inutilité de cette femme sera confirmée, j'aurai l'autorisation de mettre fin à ses jours. Mon épée sera la dernière chose qu'elle sentira avant de mourir.

Naturellement, Théobald se garda de mentionner ces précisions à voix haute. Pour lui, le fer l'emporterait toujours sur la chair.

Le capitaine en chef rangea son arme. Inutile d'étirer son discours et de se répandre en palabres inutiles. Les soldats grimpèrent sur leur monture et le convoi se mit en route. Un groupe de coutiliers se tenait en rang serré et fermait la marche. Ces hommes, qui étaient armés de coutilles, de larges épées à double tranchant conçues pour achever les blessés ennemis, appuyaient les troupes d'attaque et gardaient les prisonniers.

À la tête de la compagnie, un homme tenait un drapeau représentant la version écossaise des armes du Royaume-Uni. Dans le quartier central, on retrouvait deux armoiries d'Écosse, une d'Angleterre et une d'Irlande.

Cyrielle se laissa mener par ce convoi funèbre vers une destination inconnue qui, l'espérait-elle, lui permettrait de retrouver sa liberté.

15

Flaure préférait les saisons servant de prélude à l'hiver et l'été. À l'automne, durant l'orage, les feuilles saisissaient la pluie pour se nettoyer avant d'être libérées pour nourrir le sol. Au printemps, la fonte des neiges inspirait l'éclosion des bourgeons et une apothéose de couleurs.

La veille, Flaure se trouvait dehors lorsqu'une averse était devenue diluvienne. Les lourdes gouttes d'eau s'étaient vite multipliées ; des doigts timides lui tapotant la tête et les épaules avec plus d'insistance. Le corps parcouru d'un frisson, elle était rentrée avec hâte, jetant un regard vers la mer criblée par le crachin. Un éclair avait fissuré le ciel, conditionnant la jeune fille à accélérer le pas. Le grondement du tonnerre avait évoqué un roulement de tambours de guerre. Flaure avait zigzagué sans parvenir à éviter les flaques de boue éparses sur le sentier. Les bruits spongieux avaient été noyés par le son de l'averse.

Apercevant son domicile au loin, Flaure avait fait de grandes enjambées pour trancher le rideau de la pluie. La terre s'était changée en une vase lugubre désirant l'engloutir. Dans sa course effrénée, elle avait mal jugé son freinage et avait buté légèrement contre la porte. Le bruit sourd l'avait fait rire.

Une fois à l'intérieur, elle avait claqué la porte avec force pour taire le chahut du vent. Réduit à un murmure, il avait continué à pousser ses lamentations à l'extérieur. La pluie avait martelé sans relâche la toiture, imitant le bourdonnement rageur d'une nuée d'insectes.

— Tu n'as pas besoin de frapper pour entrer, avait dit candidement son père.

Adrien était assis dans une petite pièce attenante à la cuisine et épluchait une pomme avec un couteau.

— J'aime faire des entrées remarquées.

Ses vêtements dégoulinants avaient formé de larges flaques sous ses pieds.

— Je commençais à être inquiet.

— Tu es toujours inquiet.

— Tu devrais t'en réjouir. Préférerais-tu que personne ne se soucie de toi ?

Le ton chaleureux était empreint d'un écho étrangement triste.

— Tu as raison et j'espère que tu seras toujours là pour veiller sur moi, avait-elle dit.

Puis, Flaure était montée dans sa chambre pour se changer.

Adrien était sévère, mais il savait faire valoir la justesse de ses opinions sans sombrer dans l'austérité. Sa cuirasse imposait le respect, et non la peur, et sa fille adorait lorsqu'il l'écartait pour faire briller l'humanité qui l'habitait.

Dehors, le bruissement des arbres secoués par le vent dénotait une âpreté sinistre. La plage s'était changée en lise sous les assauts répétés des vagues fracassant la rive.

Préférerais-tu que personne ne se soucie de toi ?
Adrien revint dans le moment présent.

Depuis le début de la journée, il ne cessait de ressasser ces mots. Ils collaient à son esprit et engendraient une inquiétude inexplicable.

Adrien réparait une toiture abîmée par les intempéries avec des gestes secs. Le sentant agacé, Gaël, qui l'aidait, ne tenta pas d'engager la conversation. Les deux hommes étaient peu loquaces et les silences entre eux étaient fréquents. Aujourd'hui, l'ambiance était morose et Adrien fuyait le regard de Gaël.

Il ne céderait pas à la requête de sa fille en lançant une invitation. Le rôle de Gaël était beaucoup trop important et ce rapprochement avec Flaure nuirait à sa vigilance.

Préférerais-tu que personne ne se soucie de toi ?

Cette sombre pensée continuait de tenailler Adrien. Il poursuivit son travail, utilisant son marteau avec une intense agressivité qui n'échappa pas à Gaël.

16

La compagnie menée par Théobald gagna les lieux de l'incendie.

Pour une fois, les racontars étaient véridiques ; le brasier était immense et il avait ravagé plusieurs maisons dans le petit village. Théobald n'avait jamais détaillé des flammes si hautes.

Tous les feux finissent par s'éteindre, se dit-il.

Il descendit de sa monture et fut imité par les soldats. Le capitaine en chef jeta un regard menaçant à la sorcière au calme imperturbable et vit un homme approcher dans sa direction.

Le sang-froid dont Jehan avait fait preuve avant d'envoyer le jeune émissaire au château d'Édimbourg s'était complètement dissipé. Le feu qu'il combattait avait consumé son courage pour le laisser désorienté et apeuré. Ses joues charbonneuses conféraient à une allure grotesque frôlant la folie.

— Nous avons besoin d'aide! éructa-t-il en se ruant sur Théobald, qui le repoussa sans ménagement pour l'obliger à reculer.

— Ce feu est maudit! hurla Jehan, indifférent à la rudesse du capitaine en chef.

Dans la cacophonie, l'effroi dans sa voix éraillée n'échappa à personne.

Le seul fait de voir débarquer une unité d'élite envoyée par le roi devrait calmer ces paysans superstitieux aux mœurs champêtres, pensa Théobald.

Toutefois, ce qui œuvrait ici était certes déroutant. La déconvenue de cet homme en était la preuve. Expérimentée à son paroxysme, la frayeur constituait un long décompte à égrener jusqu'au retour de la raison.

— Ce feu est l'œuvre du malin! déclara Jehan.

— Non-sens, le corrigea Théobald. Vous avez respiré trop de fumée nocive.

Il fixa les yeux exsangues de l'homme avec mépris.

— Vous ne comprenez pas. Le mal est déchaîné et rien ne l'arrêtera.

Exaspéré, Théobald avança vers Jehan pour l'agripper par le collet.

— C'est toi qui ne comprends pas à qui tu t'adresses.

— Regardez ce brasier et vous verrez les flammes de l'enfer. Combattez-le et vous serez damné.

— Emmenez-le! ordonna le capitaine en chef.

Jehan offrit peu de résistance lorsqu'il fut empoigné par deux soldats et remis à la charge des coutiliers. Au contraire, son expression se détendit. Des effectifs plus compétents prenaient la relève et le dispensaient d'endosser la responsabilité pour la destruction de son village.

Non loin, le jeune homme dépêché au château pour alerter le roi tremblait. Il connaissait Jehan depuis des années. Il était un mentor, un archétype de sagesse. Témoin de la scène avec Théobald, il fut troublé. Comment un incendie pouvait-il affecter autant Jehan?

Le capitaine en chef avisa les soldats de superviser l'acheminement de l'eau sans s'engager à participer à la corvée. Rapidement, les paysans redoublèrent d'ardeur sous l'autorité des représentants de la monarchie.

Les soldats, avec leur lourde armure, suaient abondamment. Impatients, ils furent plus efficaces pour dispenser leurs directives et intimer aux villageois de se presser.

Soudain, un événement insolite se produisit.

Les flammes s'élevèrent à une hauteur vertigineuse en défiant le vent ; une proclamation d'hostilité alimentée par les paroles d'hérésie scandées par les paysans affolés.

Ébranlé, Théobald réagit à peine.

Si je panique, je ne suis pas mieux que cette bande d'incultes.

N'empêche que son long silence évoqua un désarroi éloquent et contradictoire avec sa réflexion.

Non loin, Anya s'apprêtait à entrer en scène.

17

~

HIVER 2015

Norah et Daan passèrent du très bon temps ensemble au chalet. Ils étaient reposés et rentrèrent à Montréal enthousiastes et pleins d'énergie.

Ils revinrent tôt, le lundi matin, pour éviter la circulation matinale.

Détenteur d'un baccalauréat en informatique, Daan s'occupait de l'analyse et la résolution de problèmes complexes reliés à l'implantation de systèmes d'information au sein d'entreprises. Il habitait à Laval.

Norah était photographe professionnelle. Elle louait un loft converti en atelier près du centre-ville. Après avoir complété un stage, elle avait fait un emprunt bancaire pour acheter son équipement. Son lieu de travail était bien situé

à Montréal et sa clientèle augmentait rapidement grâce au bouche-à-oreille. Beaucoup de
personnes fortunées préféraient s'adresser à elle
plutôt que de recourir aux services bon marché
offerts dans les grandes surfaces. Norah choi-
sissait de bons angles et faisait bien paraître ses
clients selon leurs différentes postures.

N'ayant pas les moyens de s'offrir un
appartement en plus de payer le loyer de son
loft, elle avait emménagé et dormait dans ce
même espace. Elle avait disposé des cloisons
en forme d'accordéon de manière à séparer et
camoufler ses effets personnels du reste du stu-
dio. N'ayant pas de télévision, elle écoutait ses
émissions sur son iPad. Son mode de vie lui
convenait parfaitement.

Le loft comprenait un espace pour les
séances photo ainsi qu'un bureau où trônait
son matériel pour le traitement des images et
la facturation, face à un divan pour recevoir les
clients.

Norah ignorait tout de sa mère, et son père
s'était suicidé lorsqu'elle avait sept ans. Elle
avait grandi chez sa tante à Rosemère. Elle lui
rendait visite à l'occasion et lui parlait souvent
au téléphone. Les deux femmes s'entendaient
à merveille. Pourtant, il était toujours difficile

pour Norah d'aborder leur relation avec une autre personne.

Elle avait encore sa chambre chez elle et plusieurs articles personnels. Elle passait son temps à réaménager l'espace du loft pour rapporter des babioles pour lesquelles elle conservait un profond attachement.

Daan vint la visiter sur son heure du déjeuner et il détaillait justement les derniers objets récemment ramenés de Rosemère.

— C'est quoi, cette chose? On dirait une sorte de cactus.

Il tenait un large pot en céramique rempli de terre sur lequel reposait un arbre difforme.

— C'est un bonsaï, mon amour. Tu sais, un arbre dont la taille reste artificiellement petite.

— On dirait une grosse branche tire-bouchonnée.

L'enlacement évoquait un nœud énorme plutôt qu'un arbre miniature. La couleur était grisâtre et l'écorce formait de larges plaques. Aucune squame ne parsemait la terre, l'arbre étant un bloc entier et solide.

— En tout cas, c'est coriace, dit Norah. Je ne l'ai pas encore arrosé, et pas un seul changement.

— Son écorce est massive. On dirait une armure, observa Daan.

— Il n'y a pas une seule feuille, tu as remarqué ?

— Ouais ! Déjà que les bonsaïs naissent petits. Celui-ci est hideux.

— Moi qui voulais te l'offrir pour ton prochain anniversaire, avoua Norah sur un ton badin.

— C'est fou comme c'est lourd, déclarat-il en soupesant le pot.

Il s'amusa à le lever à deux bras comme un haltère.

— Ça prendrait presque une scie circulaire pour fendre une écorce pareille, s'exclama-t-il.

— Parlant d'outils, comment vont tes travaux de menuiserie ? Au chalet, tu n'en as pas parlé.

— Je voulais faire une table et à force de couper le bois de travers, mon projet commence à ressembler à une chaise.

Récemment, Daan se démenait à l'idée de s'adonner à l'ébénisterie.

— Je dois me rendre à l'évidence : le travail manuel n'est pas pour moi. En donnant un coup de marteau sur un clou, j'arrive à me faire mal à deux doigts.

— Ça doit être la faute du marteau.

— C'est aussi ce que je pense : l'acces-soire est en cause et conspire contre mes mains d'expert.

— Voilà un raisonnement parfaitement sensé.

N'en ayant pas terminé avec l'arbre minia-ture, Daan s'assit en tailleur et lui envoya des petits coups avec ses jointures. Les pensées de Norah divaguèrent et elle repensa au feu dans l'âtre.

Les flammes s'étaient gonflées subitement. Elles avaient paru voraces et, insatisfaites, dési-reuses de s'étendre à l'extérieur du foyer.

Ai-je réellement avivé les flammes ?

La concrétisation du phénomène la laissait perplexe.

— En voilà une qui a la tête dans les nuages.

Norah quitta son petit monde intérieur pour revenir dans le présent. Daan s'était relevé et il l'avait contemplée sans qu'elle en ait conscience.

— Excuse-moi.

Elle disait toujours la même chose lorsqu'elle était distraite. Daan adorait la sur-prendre dans ces moments. Il ne l'interrogeait pas sur la nature de ces égarements, jugeant que ces minutes intimes lui appartenaient.

— Il n'y a rien à excuser.

C'était sa réponse classique faisant de cette scène typique un rituel.

Daan regarda sa montre.

— Je dois y aller si je ne veux pas être en retard à mon travail.

Il mit son manteau et, dans le hall, Norah l'embrassa.

— Nous devrions habiter ensemble. Tout serait plus simple.

— Nous en avons déjà parlé. Bientôt ! Sois patient.

Il se gratta la tête et mit son bonnet.

— N'oublie pas d'arroser ton cactus. Il serait dommage qu'il perde ses couleurs.

— Ne te moque pas de ce qui est petit et pas très joli.

— Quand j'étais adolescent, nous avions un carlin à la maison. Ce chien m'a toujours fait rire. Lorsqu'il fermait les yeux, impossible de savoir s'il était de face ou de…

— Ça va, coupa Norah. J'ai compris, mon amour. File !

Un autre baiser et Daan passa la porte.

Norah alla s'asseoir derrière son bureau. Avant qu'elle ait le temps de replonger dans des images de flammes détonnant comme une explosion, on sonna à la porte.

La jeune femme ouvrit et rencontra sa cliente qui se présentait à l'avance au rendez-vous fixé en début d'après-midi.

Concentrée sur son travail, Norah relégua les souvenirs rattachés au feu à plus tard. Une fascination qui, elle le savait, n'était pas près de s'éteindre.

18

~

ÉTÉ 1605

Au village de North Berwick, des vagues timorées venaient s'échouer sur la plage. Les oiseaux battaient des ailes pour se propulser dans les airs et survoler la cime des arbres.

En début d'après-midi, avant de reprendre le tissage, Flaure fit le tour du village pour saluer connaissances et amis. Passant devant le moulin, elle s'arrêta pour discuter avec deux mégères qui délaissèrent leurs cancans pour s'enquérir, avec franchise, de sa personne.

Le moulin fonctionnait avec la force de l'eau et du vent. Des animaux aidaient également à faire tourner la meule. Ce bâtiment était utile pour produire de la farine provenant des récoltes de céréales.

Au côté du moulin, un petit cabanon regroupait divers outils. Les faucilles étaient utilisées pour trancher l'herbe, les faux, pour couper le blé, les haches, pour fendre le bois et la bêche, pour retourner la terre. Utilisés jusqu'à l'extrême, la plupart des outils étaient mats et abrasés.

Flaure continua à déambuler dans le village avec insouciance. Elle longea les champs où des paysans, vêtus d'un chaperon, de braies et de houseaux, s'affairaient à la tâche.

Tout le monde était attentionné à son égard. Si elle portait un seau d'eau, un homme s'empressait de l'aider. Elle n'avait qu'à gratifier de son sourire les gens l'entourant pour voir les visages s'éclairer de contentement.

Son père disait qu'il était facile de l'apprécier. La jeune femme était intègre, et sa simplicité s'exprimait naturellement et sans effort. Ses gestes, empreints de délicatesse, étaient toujours en parfaite harmonie.

Flaure passa devant les bûcherons qui la saluèrent avant de poursuivre leur besogne. L'un d'eux omit de lui rendre la politesse. Il s'appelait Odrick. Ce détachement bénin prouvait au contraire son grand intérêt pour la jeune femme.

Le soir, lorsqu'il était couché, Odrick l'imaginait se pelotonner sous les couvertures dans son lit douillet. Une toile délicieuse devenant parfaite lorsqu'il se voyait en faire partie. D'abord, il occupait cet espace en invité. Si Flaure le rejetait, qu'à cela ne tienne, il prendrait ce qu'il voudrait par la force. Il la réduirait au silence et le langage des corps ferait le reste.

Odrick était fautif. Non pas pour ce qu'il ferait à Flaure, mais pour avoir réfréné son désir pour elle si longtemps. Il aurait dû l'aborder et passer du temps avec elle pour bâtir une relation amicale et dompter ses pulsions.

Trop tard!

Odrick n'arrivait plus à se contenir et la jeune femme était au cœur de son obsession.

Ahanant, le dos trempé par la transpiration, il peinait à suivre le rythme de ses confrères. Confrères était un grand mot, car tout comme son travail de bûcheron, Odrick les détestait. Il avait le souffle court, résultat d'une mauvaise condition physique. Potelé, il essuya les gouttes de sueur perlant à son front et observa Flaure du coin de l'œil. Elle s'apprêtait à rejoindre une clairière située aux abords du village. Durant les belles journées d'été, elle s'y rendait fréquemment pour tisser.

Odrick le savait, car il l'avait suivie à plusieurs occasions. Il le ferait encore.

Sous le soleil ardent, à pratiquer un ouvrage qu'il exécrait, l'image de Flaure lui arracha un sourire. De plus en plus, il aimait s'inclure dans le portrait où elle resplendissait. Ce n'était qu'une question de temps avant que ce portrait idyllique devienne réalité. Odrick avait entraîné son imagination pour anticiper tous les scénarios. Que l'issue soit favorable ou non pour Flaure était secondaire à sa satisfaction. Serait-ce aujourd'hui qu'il ferait un avec elle ?

Accentuant son sourire, il souhaita cette rencontre pour bientôt.

Odrick plaça une bûche en équilibre sur le bas d'un tronc coupé. Il leva la hache au-dessus de sa tête et, après quelques secondes d'immobilité chancelante, l'abattit. La lame atteignit le coin de la bûche qui vola dans la direction inverse. Elle faillit atteindre à la jambe un travailleur qui maugréa pour exprimer son mécontentement.

— Désolé, souffla Odrick avec sa voix fluette.

Après un échange de rires entre bûcherons, l'incident fut vite oublié.

Odrick remit une bûche sur le tronc coupé. Il détestait ce métier, ce village et tous ses habitants. Tous, sauf Flaure.

Cantonné dans le refuge de ses pensées, il l'imagina briller par son amabilité. Cette douceur, Odrick devait la posséder et il le ferait par la force si nécessaire.

19

L'odeur de fumée emplissait l'air. Pendant que les soldats exhortaient les paysans à acheminer l'eau pour combattre l'incendie, l'un d'entre eux demeurait en retrait pour surveiller Cyrielle. La sorcière était enfermée dans une cage, et c'était, selon lui, une précaution inutile, mais le capitaine en chef ne tolérait aucun relâchement de sécurité.

— Tenez-vous tranquille et tout se passera bien. N'essayez pas de fuir.

Ces paroles étaient mensongères et ridicules. Les mots de l'homme juraient avec ses yeux cruels teintés de dégoût. Cyrielle le toisa d'un regard amer.

Tu adorerais me fendre le corps avec ton épée alors épargne-moi ce boniment.

— Pourrais-je avoir d'autres intentions que celle de rester ici ? s'enquit la sorcière en levant les mains pour désigner sa prison.

Le soldat lui adressa un sourire non sans répugnance. Il détestait cette femme. Elle se complaisait dans son humiliation et le narguait avec indifférence. Il n'avait pas assisté à l'exécution avortée de Cyrielle, mais en avait beaucoup entendu parler. Les prisonniers se montraient rarement stoïques une fois abandonnés par leurs compatriotes. Les moments précédant la mort étaient toujours difficiles à vivre. Les réactions étaient viscérales, car elles attestaient le désespoir. Un croyant qui, voyant ses prières ignorées par Dieu, expérimentait la pire des solitudes. Le rejet de la foi le rendait subitement athée et il manifestait une fureur opiniâtre. Le soldat avait vu des hommes chétifs s'agripper aux barreaux de leur prison pour proférer le refus inconditionnel de leur sentence, revigorés par la hargne éclipsant leur santé souffreteuse. Pleurs, supplications, lutte ; aucune personne condamnée au bûcher ne vivait l'apogée de sa dernière heure dans la sérénité.

Mais pas Cyrielle. Conduite au lieu de son exécution, elle était restée silencieuse et calme. Usant de magie, elle avait repoussé les flammes pour préserver une peau immaculée et sans brûlure. Les cris ne furent pas les siens, mais ceux des spectateurs affolés.

Intrigué par ces balivernes, le soldat avait recueilli plusieurs versions pour se faire une juste opinion. Les témoins ne manquaient pas et les nombreuses variantes exposaient divers délires. Un seul aspect restait inchangé parmi les racontars : cette femme était une sorcière.

Était-elle réellement une protégée du mal ou avait-elle usé de ruse pour confondre l'assistance ? Depuis sa prestation sur le bûcher, des hommes valeureux n'osaient même pas la toucher avec un gantelet. Ils auraient même craint de lui percer le cœur avec leur épée. Tuer une femme sans défense accusée de sorcellerie était une chose, mais en exécuter une ayant livré la preuve de ses pouvoirs était préoccupant. Le responsable devait vivre avec ce fardeau et s'endormir en ne sachant pas si les ténèbres allaient l'emporter durant la nuit.

Le soldat s'éloigna de la cage. Il redoutait que la sorcière manigance de lui jeter un sort. Il aurait préféré combattre l'incendie aux côtés de ses confrères et rester à l'écart de Cyrielle.

Non loin, avec leur armure, les hommes de Jacques Ier étaient incommodés par la chaleur du brasier. Le corps moite, le front ruisselant de sueur, certains, ébranlés par de violents étourdissements, avaient de la difficulté à tenir sur leurs jambes.

La perplexité s'était répandue chez les soldats comme une traînée de poudre. Personne ne savait à quoi s'attendre en rejoignant ce village et l'éventail des suppositions avait été impuissant à forger une anticipation à la mesure de la catastrophe. Les flammes se dressaient bien hautes, dépassant la cime des arbres. Elles dessinaient des arabesques d'une vaste ampleur pour capter l'attention de déités silencieuses siégeant dans les cieux. L'agitation des flammes était un ballet de plus en plus agressif et la fumée évoquait le souffle d'un dragon.

Théobald demeurait en retrait, épiant le chaos avec une moue d'insatisfaction. Les soldats peinaient à garder les paysans en rang. Le feu détruisait leur maison avec voracité. L'acheminement de l'eau se faisait péniblement, les seaux étaient lourds et les hommes, irrités par la fumée, étaient de moins en moins combatifs. Le courage et le moral devenaient des concepts fallacieux, se brisant contre les colonnes de feu ; un mur vivant de flammes crachant la désolation dans des nuages noirs.

Dans la guerre contre le malin, chaque bataille compte et je refuse de perdre celle-ci, songea Théobald.

Deux gardes vinrent dans sa direction. Le capitaine en chef détesta leur démarche claudicante et leur posture voûtée. Ils dégageaient la détresse et un affront à la fierté.

Ils avaient retiré leur heaume. L'un des hommes avait une barbiche blond-roux et des sourcils si minces qu'ils étaient à peine visibles. L'autre avait le visage maculé de suie. Ses cheveux filasse évoquaient une paille sèche menaçant de se rompre au moindre toucher. Ils reprenaient péniblement leur souffle.

— C'est la panique, geignit l'homme aux cheveux filasse en s'essuyant le visage.

Théobald se retint pour ne pas le gifler.

— Ne venez pas me relater l'évidence du problème. Revenez me voir une fois qu'il sera réglé.

Le capitaine en chef s'était exprimé avec une colère contenue, privilégiant le calme intransigeant à la férocité théâtrale.

— Nous n'allons pas tarder à épuiser le point d'eau, précisa celui à la barbiche blond-roux.

— Retournez là-bas et débrouillez-vous autrement. Je me fiche si vous devez utiliser votre salive en crachant sur les flammes, mais faites le nécessaire pour contenir et arrêter l'incendie.

— Le feu continue à s'étendre, insista le soldat aux cheveux filasse. Il refuse de s'éteindre.

« Il » fut mentionné comme une personne, un adversaire refusant d'abdiquer et se moquant des tactiques de ses ennemis. L'autre soldat perçut la fureur de son chef et préféra ne plus parler.

— Nous devrions rentrer et attendre la pluie.

Attendre, ragea le capitaine en chef. *Se retirer dans la honte et permettre au feu de se propager.*

Théobald serra les poings. Il avait atteint un stade où l'usage des mots était sans impact pour communiquer son message.

Ouvre la bouche une autre fois. Dis une autre parole.

— Je...

Un violent coup de gantelet sur le menton empêcha le soldat de poursuivre. La mâchoire fracturée, il s'écroula. Son casque lui échappa et roula sur le sol. Ensuite, Théobald lui administra un coup de soleret dans les côtes. L'homme aux cheveux filasse gémit de douleur et se recroquevilla.

Allez, glapit comme une fillette et redemande-moi d'avorter la mission.

La tête penchée, le roux remit son casque pour éviter d'affronter le regard sévère de son supérieur. Il aida son confrère à se relever. L'homme aux cheveux filasse récupéra son heaume et prit appui sur son collègue pour rester debout. Ils s'éloignèrent, préférant le courroux du brasier à celui de leur chef.

Théobald rejetait l'idée que le feu ne puisse être contenu.

Ce n'est qu'un élément de la nature déchaîné. Rien de plus.

Il épiait le spectacle chaotique et entendit le rire sardonique de Cyrielle dans son dos.

L'idée que cette femme puisse arrêter l'incendie était ridicule. Elle resterait dans sa cage et Théobald veillerait à l'exécuter lui-même une fois le feu vaincu.

Non loin, dans une clairière épargnée par l'incendie, Anya se tenait immobile.

Les cris fusaient de toute part. Désespoir, furie, lamentations : tout s'entremêlait dans un désordre insoutenable.

Les larmes aux yeux, Anya était déchirée entre plusieurs émotions. La colère était celle qu'elle redoutait le plus, sachant comment elle pouvait balayer toutes les autres dans un désir de destruction sans retour.

Le feu sème les cendres, la stérilité.

C'était peu dire. En gouvernant les flammes, Anya pouvait creuser le sol et pulvériser les semences enfouies dans la terre pour leur arracher l'espoir d'une éclosion. Des saisons complètes de jachère et de prières vouées au retour des cultures seraient impuissantes à changer les dommages permanents infligés par la sorcière.

Les cris stridents jaillissaient de partout comme des lames déchirant le silence. Anya était peu fière du saccage et de la destruction de la forêt, mais l'heure n'était plus aux distractions. Il était temps que les soldats de Jacques Ier connaissent le visage de leur ennemi. Anya essuya ses larmes et fit un pas en avant en sachant que les prochains sanglots ne seraient pas les siens.

En l'espace de quelques minutes, la situation s'était beaucoup aggravée. Les maisons, rapprochées les unes des autres, facilitaient l'œuvre du feu.

Les clameurs étaient avalées par le bruit des flammes voraces décimant la forêt. Néanmoins, les gens apeurés s'égosillaient en appelant à l'aide. Tout était confus à travers le rideau de fumée noire de ce théâtre de perdition.

Anya marchait avec détermination.

Vous m'appartenez tous.

La voix de la colère désirait se faire entendre ; une lave bouillonnante ensevelie depuis trop longtemps dans le volcan de la raison.

Ne te laisse pas enivrer par le pouvoir du feu. Ne laisse pas tes sentiments dicter une vengeance personnelle au détriment de ta noble cause.

Les lèvres crispées, elle longeait le brasier d'un pas assuré. Les flammes sur son chemin s'inclinèrent comme des sujets vouant leur allégeance à une souveraine.

Ayant laissé ses larmes couler, Anya s'était purgée de la moindre hésitation capable de la freiner.

— Retournez sous les jupes de votre roi en tremblant, hurla-t-elle à un petit regroupement de soldats.

Anya utilisa les flammes les plus proches comme des fouets pour les forcer à déguerpir.

S'ensuivit une série de craquements secs alors que des arbres rongés par le feu s'écroulèrent.

La sorcière incarnait la terreur, l'extension d'une pensée se voulant une tempête.

Maîtrise-toi, rappela la voix de la raison.

Anya continuait à marcher vers les hommes de Jacques Ier pour les intimer à reculer lorsque, sur sa droite, des cris aigus attirèrent son attention.

Des enfants désorientés avaient perdu la trace de leurs parents. Étouffant dans un épais nuage gris, ils se massaient les uns contre les autres, épouvantés.

En plus de manier les flammes, Anya avait la capacité de déplacer la fumée. Elle l'écarta pour dégager un couloir dans une direction opposée à l'incendie. Tardant à comprendre ce qui venait de se produire, les enfants échangèrent des regards perplexes avant de prendre leurs jambes à leur cou et de fuir. Une fillette resta en retrait. Elle porta son attention sur Anya et comprit qu'elle était celle venant de leur accorder cette bienveillance.

Ce n'était pas le temps de céder à la candeur en confirmant les assomptions de cette fillette.

— Va-t'en! hurla Anya.

Le visage de la fillette devint un masque d'effroi. Elle s'enfuit et rattrapa ses camarades en un rien de temps.

L'idée que ces enfants soient hors de danger consola Anya.

Tu vois. Tu es capable d'humanité. Voilà pourquoi la colère ne doit pas l'emporter sur la raison.

Les soldats chassés par Anya étaient revenus avec des renforts. Désorientés, les hommes étaient prompts au combat malgré leur incompréhension. Anya redirigea la fumée sur eux. Les nuages noirs leur piquèrent les yeux et ils rebroussèrent chemin en toussant.

Certains gardes furent plus résilients. Indisposés par la fumée, ils conservaient leur position et s'efforçaient de se rapprocher en tenant leur épée secouée par le rythme d'une toux *aiguë*. Anya augmenta la quantité de fumée et, privés d'oxygène, ils durent battre en retraite à leur tour. La nature de l'ennemi lui conférait une aura surnaturelle leur enlevant tout courage.

Plus personne ne combattait l'incendie. La panique des villageois fut contagieuse et tous fuyaient. Des soldats se lancèrent à leur poursuite. Ils se cachaient derrière la conduite des paysans pour justifier de s'éloigner du village perdu.

Voyant les hommes de Jacques Ier s'enfuir, une esquisse de sourire étira les lèvres d'Anya.

— C'est ça, courez, déclara-t-elle. L'heure du jugement approche. Il sera bientôt à vos portes et rien n'empêchera son avènement.

D'autres enfants tardaient à se distancer du danger. Des garçons malingres couraient dans tous les sens, gênés par la fumée. Anya la souleva pour faciliter leur orientation. L'un d'eux prit la bonne direction et les autres, sans réfléchir, lui emboîtèrent le pas.

La confusion régnait en maître. Personne ne criait à l'hérésie et à la damnation pour condamner les actes de la redoutable sorcière. Les tollés étaient plus personnels, exprimant une terreur ultime, un désarmement complet devant des scènes illogiques.

Anya aurait préféré que les dommages au village soient moins importants. Elle avait poussé ses capacités à l'extrême, et la maîtrise du feu lui avait échappé. Le vent se fit complice des flammes et elles se répandirent à une vitesse qu'elle ne put réfréner. Anya aurait dû limiter les dégâts à la forêt avoisinant le village et non permettre au feu de s'étendre sur les maisons.

Ce n'est pas de ta faute. Les hommes t'obligent à réagir. La responsabilité des ravages ici leur incombe.

La voix de la colère occultait tranquillement celle de la raison. Combien d'endroits avaient été pillés et de mères, enlevées devant leur mari et leurs enfants pour subir un sort injuste?

Galvanisée, Anya marcha d'un pas décidé pour rejoindre l'endroit où les gardes avaient regroupé leurs montures.

Les enfants étant en sécurité, Anya reprit la maîtrise de la fumée. Elle l'utilisa pour incommoder et repousser les soldats et les paysans tardant à abandonner le village perdu.

Fuyez! Fuyez tous!

Ils étaient des insectes écrasés par la peur.

La fumée était vivante et elle cherchait à étreindre les hommes pour les étouffer. Un vieillard au corps frêle et vêtu d'oripeaux s'affala. Il toussa, les yeux en larmes. Anya l'observa avec indifférence.

Calme-toi. Ne deviens pas l'ennemi que tu combats. C'est ce que Cyrielle disait.

Elle souleva le nuage pour permettre au vieil homme de quitter la scène en boitillant.

La clémence causera ta perte.

S'apprêtant à taire la voix de la colère, Anya s'arrêta net. Elle écarquilla les yeux en voyant une cage devant. Était-ce possible? Était-ce réellement Cyrielle qui occupait cette prison pour animaux?

Anya dégagea la fumée sur la trajectoire de son regard pour bénéficier d'une meilleure vision.

Cyrielle, sa maîtresse, avait été emmenée sur les lieux de l'incendie. Pourquoi? Quel était le but de cette manœuvre aux desseins douteux? Les réponses à ces questions viendraient plus tard.

À la suite de l'œuvre du feu, des maisons s'écroulèrent dans un concert de crépitements. Anya se rua sur la charrette. Elle était légèrement inclinée à cause de la libération du cheval l'ayant traînée jusqu'ici par le soldat chargé de surveiller Cyrielle. Indifférent au sort de la sorcière, il avait utilisé la bête pour fuir lorsque la situation était devenue ingérable.

Fourbue, Cyrielle parvint à sourire en voyant son élève approcher.

— Je suis là, annonça Anya d'une voix enrouée.

Elle passa un bras entre les barreaux et serra la main de sa maîtresse dans un geste tendre.

Par ce simple contact, leur force respective s'amplifia.

Seules, les sorcières maîtrisaient le feu et la fumée. Lorsqu'elles étaient l'une à proximité de l'autre, leurs pouvoirs étaient décuplés.

En plus de manier les flammes à leur guise comme une extension de la pensée, Cyrielle et Anya parvenaient à les créer sans aucun combustible. Elles gagnaient aussi la capacité d'intensifier la chaleur et de lui octroyer une température capable de fondre le fer. Avec leurs facultés augmentées, Cyrielle et Anya pouvaient brûler seulement la paume de la main d'un soldat pour le forcer à lâcher le manche de son épée tout en laissant le reste intact. Plus une personne était rapprochée, plus la brûlure infligée était chirurgicale. Par contre, la précision diminuait avec la distance.

Difficile d'expliquer comment le mécanisme opérait. S'agissait-il d'une pensée transcendée dans l'espace lorsque les sorcières étaient l'une auprès de l'autre, ou le pouvoir s'éveillait-il à la suite du contact physique ? Ou encore, s'agissait-il d'une sorte de canal invisible où l'une s'alimentait de la puissance de l'autre dans une réciprocité culminant une force inouïe ? Anya ignorait la réponse, mais le frémissement sous sa chair lui inspirait une seule conviction : plus rien n'était impossible.

— Je vais te sortir de là, dit Anya avec compassion.

La plupart des soldats avaient déserté le village ravagé. Ceux toujours présents restaient près de Théobald.

Au loin, le capitaine en second assistait aux retrouvailles des sorcières avec intérêt. Il comptait regagner le château d'Édimbourg avec au moins une bonne nouvelle. Jacques Ier l'avait avisé de supprimer Cyrielle une fois l'incendie maîtrisé. La mort d'une sorcière lui vaudrait la reconnaissance du monarque.

L'éradication de deux de ces monstres serait encore mieux.

Théobald avait la conviction que la femme secourant Cyrielle était une ennemie de la chrétienté.

— Prenez la vie de ces hérétiques et votre nom ne sera jamais oublié sur Terre comme au ciel ! hurla le capitaine en second pour stimuler les soldats l'entourant.

La fumée s'était dissipée et, étant considérablement éloignés de l'incendie, les hommes retrouvèrent leur courage.

Anya quitta la cage pour se diriger vers Théobald et sa troupe. La voix de Cyrielle s'étrangla lorsqu'elle invita son élève à la prudence.

Déjà, la confiance des soldats s'effritait en constatant l'assurance d'Anya. Comment une femme sans arme pouvait-elle défier des hommes brandissant leur épée? Ils pressentaient le pire.

La sorcière n'avait plus besoin de composer avec un feu existant. Elle pouvait le créer.

Méfie-toi de la colère, l'avertit la voix de la raison.

Pourquoi se limiter? Il était temps de s'exprimer sans la moindre retenue.

— Craignez-moi, rugit-elle comme un fauve.

Anya fit apparaître un réseau de flammes qui s'entrecroisèrent et serpentèrent entre les soldats. Affolés, les hommes reculèrent maladroitement en perdant l'équilibre.

Un sourire cruel se peignit sur le visage de la sorcière. Leur tourmente était sa réussite, leur peur, sa satisfaction.

Elle gouvernait le feu au-delà de ses limites de diffusion sans avoir à le déplacer d'un élément combustible à un autre. Avec son nouveau potentiel, les flammes survivraient aux dernières particules de cendre.

La rage n'a jamais été aussi douce.

Anya se concentra. Elle regroupa les flammes au sol pour créer une muraille de feu entre elle et les soldats. La muraille gonfla et força les hommes à reculer. L'un eut le visage légèrement brûlé ; un autre lâcha le manche de son épée devenu trop chaud. Cette fois, ils fuirent pour de bon, empruntant la route les ayant conduits à ce lieu damné, et les hurlements du capitaine en second ne suffirent pas à les garder en rang.

Théobald, avec son épée en main, refusa de capituler. Il n'acceptait pas de talonner les soldats pour rentrer au château et confesser sa lâcheté au roi. Dieu était à ses côtés.

Tu n'as jamais été aussi croyant qu'en ce moment, n'est-ce pas ?

Le Tout-Puissant ne l'abandonnerait pas s'il luttait en Son nom. La grandeur de l'épreuve assurerait sa place au paradis.

Théobald s'entêta à avancer, plissant les yeux pour braver la fumée, un bras levé pour se protéger de la chaleur et l'autre tenant fermement son épée. Son armure chauffée le brûla, mais il refusa de reculer.

Anya était exaltée. Des souvenirs de haine envers les hommes refirent surface.

Elle revoyait les actes impardonnables de son père commis contre sa mère. Punir chaque homme créait un baume, une brève satiété de ce que son père avait fait.

— *C'est l'heure du dessert !*

— *Mais maman saigne.*

— *Ce n'est pas grave. Mange pour devenir grande et forte !*

Grande et forte ? Elle l'était. Devait-elle se sentir coupable ?

Elle imagina le château d'Édimbourg devenir un désert de cendres noires.

À cette pensée, de nouveaux serpents de feu naquirent sur le sol. Anya dirigea ses créations vers Théobald.

Cet homme doit mourir. Il doit payer. Ils doivent tous payer.

Ce fut à ce moment que, dans sa cage, Cyrielle s'accrocha aux barreaux et hurla :

— ANYA !

Cette voix autoritaire et cristalline se découpa avec netteté dans le tumulte. Les serpents de feu interrompirent leur progression, comme des animaux effrayés par le cri d'un ultime prédateur. Résolue, Anya les fit disparaître dans un nuage de vapeur et retourna vers Cyrielle.

Anya soupesa le cadenas en bronze fermant la cage.

— Fais attention pour ne pas te brûler, l'incita-t-elle.

Les deux femmes canalisèrent leurs énergies sur le cadenas. D'abord rougeoyant, le métal continua à chauffer pour revêtir une couleur blanche comme l'ivoire. Ensuite, il passa du blanc à l'orangé, formant une longue coulée bouillonnante qui creusa la terre comme un doigt s'enfonçant dans le sol en produisant un sifflement de reptile.

Le cadenas s'affaissa mollement et Anya ouvrit la porte.

— Maîtresse, laisse-moi t'aider.

Complètement épuisée par l'effort conjoint déployé pour fondre l'alliage de cuivre et d'étain, Cyrielle manqua de s'effondrer. Anya l'aida à sortir et à tenir sur ses jambes.

— Je ne te lâcherai pas.

Cette voix était une cascade de douceur.

Le feu continuait à broyer et à consumer la matière pour la réduire à l'état de cendres en exhalant un souffle noirâtre. Un décor funèbre détonnant avec de franches retrouvailles.

Anya ne ressentait aucune honte pour ce qu'elle avait fait en s'attaquant au capitaine en second et à ses hommes. Personne n'avait été décimé par le feu.

Parce que Cyrielle t'a ramenée à l'ordre. Tu étais puissante et tu as adoré ça.

Le pouvoir décuplé était grisant et il était difficile de résister à la tentation d'en pousser les limites.

Pour leur croisade, Anya savait que le jour viendrait où une intervention plus radicale serait nécessaire. L'ennemi n'allait pas suivre les règles d'équité de Cyrielle. Au contraire, il profiterait de cette indulgence pour devenir plus impitoyable. Pour cette raison, Anya devait rester près de Cyrielle pour la protéger et faire le nécessaire lorsque le désordre l'emporterait sur la diplomatie. Cette leçon, sa maîtresse n'était pas prête à l'entendre, et c'était à Anya de l'inculper le moment venu. Elle accordait à Cyrielle toute sa reconnaissance et elle ne la laisserait pas périr pour de nobles idéaux.

— Je suis et reste avec toi. Je m'en remets à ta ligne de conduite.

Ce n'était pas un mensonge, et Anya ne s'opposerait à la volonté de Cyrielle que pour la protéger.

Ensemble, les sorcières utilisèrent leurs habiletés pour éteindre l'incendie. Le village n'était plus qu'un vestige de ruines, mais au moins, le feu avait cessé de se repaître. Elles partirent avec un fort sentiment d'allégresse, malgré la désolation les entourant.

Théobald se trouvait en bordure de la route menant au village incendié. Au loin, il voyait les deux sorcières s'éloigner de la cage ouverte.

Libres. Elles sont libres toutes les deux.

Théobald refusait cette débâcle.

T'incliner ici veut dire te mettre à genoux devant Jacques Ier et confesser ton échec.

Plus personne ne l'écoutait. Les derniers combattants avaient monté sur les rares chevaux présents. Aucun ordre ou aucune menace ne les conditionneraient à rester.

Désemparés, les soldats étaient en quête d'une aide viatique et ce lieu maudit n'en avait aucune à offrir. Devant la menace de l'inconnu, la fuite était la seule solution.

Étant le dernier à avoir affronté les sorcières, et étant attentif aux tactiques de l'ennemi, le capitaine en second serait un élément important pour la suite de cette guerre contre le mal. Jacques Ier, constatant son utilité, ne pourrait l'écarter.

Tu penses comme un lâche. Tu dois rester et te battre.

Même lui, à ce stade, sut que cette partie était jouée. Il devait revoir sa méthode. Théobald ne l'emporterait qu'en orchestrant brillamment une prochaine offensive.

Le front en sueur, les joues rosies, il observa les ruines fumantes du brasier. Le feu s'était tari d'un seul coup. Comment était-ce possible ?

Je reviendrai et couperai la tête de ces dragons.

À travers la commotion, Théobald oubliait une chose cruciale : Cyrielle, en rappelant Anya, lui avait sauvé la vie. La sorcière l'aurait terrassé par le feu sans hésiter. Une miséricorde ne changeant rien à l'allégeance envers son roi et son Dieu.

Théobald fit volte-face et prit le chemin du retour sans se presser. Il serait le dernier à regagner le château d'Édimbourg pour prouver que son combat avait été le plus long et le plus acharné.

20

La route était sinueuse et inégale.

À nouveau, la pertinence de recourir à un cheval s'imposait. Ainsi, Adelphe aurait pu se rendre à sa destination beaucoup plus rapidement. Il préférait encore une approche lente et prudente. Avec une bonne vitesse de marche et en s'arrêtant fréquemment, il ménageait ses énergies et prêtait l'oreille pour discerner le moindre bruit suspicieux. Il séparait les sons inhérents à la nature de ceux plus atypiques trahissant une présence humaine. Le démonologue prêchait la vigilance, sachant que plus d'un voyageur avait péri d'une flèche tirée depuis les bois avant d'être dépossédé de ses biens.

Un craquement de branche survint. Adelphe s'immobilisa. Il regarda vers la droite en provenance du bruit et attendit. Ne détectant rien de suspect, il reprit sa route en demeurant à l'affût. Il ne cessait de visualiser une flèche envoyée en traître par un voleur embusqué.

Caïn ne lui serait d'aucune utilité contre cette forme de piège. Pour cette raison, Adelphe restait alerte, car le calme ne garantissait pas l'absence de dangers.

Son périple lui rappelait comment il était resté cloîtré longtemps dans les enceintes du Vatican.

Un prisonnier glorifié.

L'incident avec les brigands était derrière lui, relégué à l'oubli dans les méandres du souvenir. En progressant, Adelphe ne se lassait pas d'observer la beauté pittoresque de la forêt. Les animaux y prospéraient, érigeant leur refuge au cœur même de la nature où ils étaient nés, sans pousser l'adaptation à des ravages irréversibles.

Contrairement aux hommes.

Sur la route de terre cernée d'arbres, il était facile de se soustraire des conflits et des désaccords amenant les nations à s'affronter. Ici, la nature s'exprimait dans le chaos et n'était pas réduite à épouser une beauté factice. L'éclat de la nature en forêt était plus réelle et intègre que celle des jardins du Vatican. Les fleurs odorantes côtoyaient les herbes hautes ; les branches lourdes de feuilles ployaient leur échine pour toucher les arbustes rabougris. Les ombres s'entre-mêlaient, étalant des formes déchiquetées sur les couleurs vivifiantes de la végétation luxu-riante. Adelphe songea à un animal sauvage se découvrant de nouveaux comportements, propres à l'instinct, une fois débarrassé de sa laisse.

Le démonologue huma l'air frais. La pluie lui manquait. Rien de comparable à voir le ciel exprimer sa tristesse en libérant une averse de larmes. La terre détrempée s'abreuvait et les feuilles ointes d'eau s'étiraient vers le ciel pour exsuder une fraîcheur sacrée. La pluie inspirait la paix et Adelphe la voyait comme une alliée naturelle contre le feu des sorcières.

Une seule suffira, avait affirmé Caïn. *Mais elle doit être la bonne, celle capable de produire la chaleur nécessaire pour atteindre l'arbre aux fruits défendus.*

Le démonologue s'arrêta. Il se recroquevilla au pied d'un arbre pour détendre ses jambes.

Ses muscles endoloris à la suite de sa longue marche prouvaient son manque d'entraînement physique.

Dans les annales consignées du Vatican, Adelphe était unique.

Dans la Cité, les traîtres et les espions lui étaient amenés. Adelphe ne guérissait pas les personnes suspectées d'être possédées. Son aptitude résidait à faire apparaître un démon dans n'importe qui.

Il n'y en avait qu'un.

C'était toujours le même. Il se fondait avec une partie de celui qu'il possédait, ayant accès à ses souvenirs et ses connaissances. Le démon asservissait le corps, fouillait les recoins de l'esprit habité pour exposer ses secrets.

Adelphe se méfiait de Caïn. Il redoutait sa docilité en y voyant un présage de calamité. Cette évocation surnaturelle invitait à la méfiance. Fourberie et déception : voilà ce que Caïn était réellement pour Adelphe. Restait à savoir comment leur union se terminerait. Au moins, il détenait une certaine emprise sur le démon. Le choix de le faire apparaître et de le chasser lui revenait entièrement, et Caïn n'avait aucune option s'il n'était pas invoqué.

Cette faculté est une incarnation du mal. Tu es damné si tu continues à solliciter l'aide offerte par Caïn.

Ce n'était pas aussi simple.

Après des années de questionnement, Adelphe avait découvert que le mal n'était pas une chose dont on se débarrassait à la suite de l'absolution graciée par un prêtre. Il le savait mieux que quiconque.

Le Vatican comptait de nombreux ennemis et le démonologue, par l'entremise de Caïn, sondait les esprits pour débusquer les infidèles conspirant contre l'Église.

Pour tester la véracité de son pouvoir, on lui avait d'abord envoyé des hommes dont les crimes connus étaient, sous l'emprise de Caïn, intégralement rapportés par Adelphe sans qu'il soit jamais informé de ce test.

La démonstration était sidérante. Pour invoquer et conjurer le démon, Adelphe n'esquissait aucun geste et ne psalmodiait aucune parole. Personne mandaté par l'Église pour étudier le démonologue ne criait à la supercherie tant la nouvelle personnalité était une manifestation d'existence singulière. Caïn confondait les sceptiques et son regard inquisiteur insufflait suffisamment d'effroi pour taire les objections.

Au cœur de la Cité, les êtres pieux ne manquaient pas et la présence d'Adelphe aurait pu être qualifiée d'imposture souillant la religion. Toutefois, son rôle peu ébruité et volontairement mal défini avait contribué à fausser sa réelle identité.

Le Vatican avait recruté un interrogateur dont les méthodes dérogeaient au recours traditionnel à la torture. La malédiction d'Adelphe avait été tolérée, car elle servait les intérêts du clergé.

Comme on lui refusait l'absolution par la plus haute autorité du Vatican, le démonologue avait demandé une seule chose en échange de ses loyaux services : une initiation au tir à l'arc. Il désirait apprendre à se défendre physiquement et n'avait pas eu à se justifier davantage pour que sa requête soit acceptée. Ainsi, lorsqu'il ne soutirait pas des confessions, Adelphe, sous l'œil attentif d'un maître sévère, s'exerçait à l'arc. Il était rapidement devenu un élève doué égalant le talent de son mentor.

Le démonologue était une arme redoutable. De loin, il pouvait abattre un chevalier sur sa monture au galop d'une flèche tirée au visage. En combat rapproché, même s'il détestait l'idée d'appeler le démon en renfort, Caïn avait prouvé l'efficacité de son intervention.

Le dos appuyé à l'arbre, Adelphe croisa les bras.

Même en étant un fardeau, Caïn n'avait jamais été fruste ou menaçant avec le démonologue.

L'arbre du péché originel existe toujours. Seulement le feu des sorcières peut venir à bout de cette forêt pour le dévoiler. Selon la légende, celui qui mange un fruit de cet arbre peut précipiter la mort de tous les pécheurs en ce monde en infligeant et maîtrisant la pestilence.

Sans l'existence de Caïn, Adelphe n'aurait jamais cru à une histoire pareille. Ses implications étaient effrayantes et les encenser revenait à se faire complice d'un délire inquiétant.

Là était tout le problème : Caïn prouvait l'existence du surnaturel et le démonologue était responsable de son apparition. Le démon affirmait venir d'un monde recelant des mystères incompris et déformés sur lesquels l'humanité avait érigé les fondements de sa civilisation.

La véritable connaissance réside dans l'origine. La vérité précède toujours le mensonge.

D'une certaine façon, Caïn lui ressemblait. Ils étaient deux prisonniers : Adelphe était

l'outil du Vatican, qui manipulait sa culpabilité pour obtenir ses services, et le démon avait
besoin de lui pour se manifester dans un corps.

Adelphe était coincé dans un étau de duplicité. D'un côté, l'autorité de Paul V ; de l'autre,
Caïn, proférant que le monde méritait une
meilleure religion que celle pervertie par le pape
et les monarques. Le démon se voulait le complice parfait, l'apôtre fidèle à la voix mielleuse
prêchant son adoration pour Adelphe.

Pour se libérer, le démonologue devait trouver l'arbre mythique.

Chaque fois qu'Adelphe abordait le sujet du
péché originel, Caïn s'enjoignait de lui répondre
avec un sourire triomphant sur les lèvres.

Il parlait d'arbres serrés aux branches
noueuses et au tronc massif érigeant une
muraille naturelle. Des hommes forts, armés
de lourdes haches, s'épuiseraient avant d'atteindre les fruits. Un feu commun ne suffirait
pas à brûler l'écorce dure comme de la pierre.
L'intensité du brasier devait égaler celle nécessaire à forger le métal.

Caïn parlait d'une forêt dotée d'une
conscience. Il disait que personne n'aurait
pu surprendre un mouvement d'arbre ou
de broussaille. Pourtant, sa disposition se

réaménageait de manière à dissimuler les fruits défendus. Soit la forêt avait réellement une conscience, soit elle réagissait selon une faculté comparable à l'instinct pour confondre les curieux. Elle était la parfaite gardienne pour préserver un secret remontant à des temps immémoriaux, et seul le feu des sorcières écarterait cet obstacle.

Une forêt vivante qui réagit à celui désirant la traverser.

De quoi rendre sceptique le plus fervent des croyants.

Caïn s'offrait pour avoir l'emprise sur une sorcière avec un grand enthousiasme. Il promettait d'utiliser le feu pour trouver l'arbre.

Adelphe se méfiait de cet accord. Il était persuadé que Caïn avait besoin des sorcières pour s'émanciper et briser les règles de l'invocation.

Les traîtres interrogés au Vatican étaient rarement des femmes, mais ce fut le cas à quelques occasions. En habitant leur corps, Caïn exultait un plaisir pervers et se montrait très vulgaire. Pourquoi agissait-il de la sorte ? Se rapprochait-il d'un idéal dissimulant ses intentions ? Sa provocation était-elle délibérée ou accidentelle ? En possédant une femme, Caïn vomissait des profanations et des accusations contre Dieu ; le tout ponctué de touchers choquants et de cris bestiaux.

Adelphe croyait en l'idée d'inculquer une religion monothéiste, un idéal intègre corrigeant les travers de l'humanité en exposant les pécheurs. S'il devait s'acoquiner avec le malin pour parvenir à son but, ainsi soit-il. Le monde méritait l'équité ; tel était son combat, et sa victoire serait un legs de prospérité au nom d'une vérité remontant à l'origine des temps.

Tu ne dois pas invoquer Caïn dans le corps d'une sorcière.

Appuyé au dos de l'arbre, Adelphe soupira.

Comment faire alors ? Comment maîtriser le feu des sorcières sans recourir au démon ?

Peut-être allait-il devoir s'y prendre autrement pour trouver l'arbre. Permettre à Caïn de posséder une sorcière aux pouvoirs exceptionnels était risqué et l'issue, difficile à prévoir.

Le démonologue revoyait les femmes possédées au Vatican. La plupart se touchaient rageusement l'entre-jambes en proférant des obscénités. Elles éructaient des propos grivois et ne cessaient que lorsque Caïn était chassé. C'était ce qui se produisait chaque fois au Vatican lorsqu'Adelphe les questionnait. Les gardes supervisant l'interrogatoire affichaient leur incompréhension et leur dégoût. L'aspect profane les rendait anxieux. Le démon perdait la maîtrise ou, du moins, il lui convenait de refuser la docilité avec une choquante démonstration de blasphèmes. Par la suite, en l'invoquant dans le corps d'un homme, le démon n'abordait jamais le sujet de sa précédente incarnation. Il se montrait enjoué et, comme toujours, heureux de servir Adelphe. Se contentant d'observer Caïn et d'attendre une réflexion susceptible d'éclairer son désarroi, l'expert en démonologie ne disait rien.

Ne lui fais pas confiance. C'est une ruse. Il se sert de toi.

Difficile de procéder sans Caïn, qui proposait de maîtriser une sorcière avec une insistance à la limite de la suspicion.

Tu dois envisager la possibilité que cette légende soit fausse et que le démon se serve de toi. Cela expliquerait sa dévotion sans borne à ton égard.

Cet ultime appel à la confiance entraînerait-il une trahison ? Investi du pouvoir des sorcières, Caïn arriverait-il à bloquer le bannissement et à proclamer son indépendance ?

C'est toujours la foi qui tranche. Reste à savoir si tu la placeras entre de bonnes mains.

S'étant suffisamment reposé, Adelphe se releva. N'ayant plus envie de penser, il se remit en marche et observa la route devant.

21

HIVER 2015

À Montréal, dans un bar situé sur Laurier Ouest, un barman astiquait des verres. Il s'appelait Ruben et arborait l'air détaché de celui ayant cessé de juger ses clients depuis longtemps. Il regardait continuellement sa montre pour indiquer que son esprit était ailleurs. Son visage était sombre dans la lumière tamisée.

Attablé au comptoir depuis plus d'une heure, Laurens Corentin buvait tranquillement un scotch Glenmorangie. Il était dit que le whisky se buvait sans glace, mais le psychiatre aimait déroger à cette pensée populaire. Il adorait les premiers effets de l'alcool, sans plus. Un léger engourdissement était agréable, comme les premiers pas d'une danse créant son envoûtement dans la douceur du contact, et non la frénésie du mouvement. Le psychiatre détestait sombrer dans l'euphorie de l'ivresse ; une valse sans rythme et sans cohésion. Souvent, il portait l'alcool à ses lèvres sans boire, se contentant de humer les forts effluves du liquide brûlant.

Laurens se plaisait dans ce type d'établissement où les clients solitaires incarnaient les fantômes décharnés de la nuit ; des êtres dont le marasme de la vie les réunissait dans un anonymat collectif.

Lorsqu'il termina son verre, Laurens le fit glisser sur le comptoir pour attirer l'attention de Ruben.

— Un autre ? demanda-t-il en désignant la bouteille de whisky sur le mur.

Avant que le barman s'exécute, il ajouta :

— Dans un autre verre avec plus de glace, s'il te plaît.

Ruben acquiesça. Peu après, il posa la boisson devant le psychiatre, qui le remercia sans le regarder.

Un petit homme vint s'asseoir à deux bancs de Laurens. Regard fuyant, calvitie prononcée, tempes zébrées de veines bleutées : le client affichait une image préoccupante. Son teint pâle tirait sur le vert et son front suintait de sueur alors que, dehors, la morsure du froid était sans pitié. Difficile d'évaluer son âge, mais le psychiatre le crut plus jeune que son apparence le présageait. Possiblement entre 30 et 35 ans, mais usé par l'abus d'une offrande qu'il venait chercher dans ce temple de tentations.

Il retira son manteau et toussa. Il avait les bras grêles et ses mains tremblaient. Laurens savait que le froid extérieur n'y était pour rien. D'une voix éraillée, le nouveau client interpella le barman, qui l'approcha sans se presser.

Il a la soif, pensa le psychiatre.

Le client tenta de se fabriquer un air penaud pour attiser la sympathie de Ruben, qui resta de marbre. Le barman fit un grand signe de négation et tapota le comptoir avec l'index. L'homme secoua la tête nerveusement pour excuser une tentative de négociation éculée.

Il fouilla dans ses poches et étala des billets chiffonnés et beaucoup de pièces de monnaie. Ruben poussa un profond soupir et compta l'argent. Les temps étaient durs et il n'existait pas de mauvais clients dans une période économique stagnante.

Pourquoi ne va-t-il pas dans un magasin offrant des boissons alcoolisées à moindre coût?

Ne cherchant pas à comprendre, Laurens vit Ruben poser une bouteille de spiritueux remplie au quart devant le client. Apparemment, la quantité offerte équivalait à la somme d'argent remise, car le client fut satisfait du marché. Le barman avait déniché la bouteille sans le consulter, prouvant que l'homme était un habitué de l'établissement.

Reportant son attention sur son verre, Laurens se perdit dans ses pensées.

Il n'était pas féru d'histoire, mais curieusement, sa fascination pour Jacques Ier avait été soudaine et machinale. L'origine de cet attrait était difficile à expliquer. Il avait observé les toiles du souverain sur des sites Internet, et non dans des musées. Cela avait été suffisant pour le convertir au culte de ce personnage. L'un de ses bons amis, Vincent, lui avait fait remarquer que les peintures se ressemblaient toutes et que celles de Jacques Ier offraient peu de distinctions significatives avec celles des autres grands monarques de l'histoire. Le point était pertinent, mais l'intérêt de Laurens perdurait.

En peu de temps, la curiosité s'était muée en obsession. Le psychiatre avait fait des recherches pour approfondir ses connaissances sur Jacques Ier. La reine Élisabeth Ire, après un long règne de 44 ans, avait rendu l'âme en 1603. Avant sa mort, la « reine vierge » avait désigné le roi d'Écosse Jacques VI Stuart pour lui succéder. Il avait pris le nom de Jacques Ier. À cette époque, la chasse aux sorcières faisait rage. Curieux qu'un homme ayant été choisi par la plus grande reine de l'histoire de l'Angleterre ait envoyé au bûcher un nombre record de femmes accusées de sorcellerie.

— Tu n'es pas facile à trouver.

L'homme qui venait de parler n'était nul autre que Vincent, l'ami de Laurens pour qui toutes les toiles historiques se ressemblaient.

À 45 ans, Vincent vieillissait bien et peu de rides marquaient son visage. Il retira son manteau et le posa sur ses cuisses une fois assis.

— Je ne me cache pas, affirma Laurens sur un ton sec.

— Tu n'abuses pas trop, j'espère, dit Vincent en pointant la consommation de Laurens.

— Peu d'alcool me suffit.

Le psychiatre avait les yeux brillants de lucidité, prouvant que le whisky ne l'avait pas éméché.

— Je n'ai pas envie de ressembler au gars sur ma droite, ajouta Laurens.

Vincent regarda en direction du client au teint pâle. Il enserrait sa bouteille à deux mains pour les empêcher de trembler.

— C'est vrai qu'il n'a pas l'air en très grande forme, poursuivit-il.

Vincent commanda une bière. Il paya, but une bonne lampée et attendit pour voir si Laurens engagerait la conversation. Le silence s'éternisait et Vincent en vint finalement à le briser.

— Tu n'es pas très bavard.

— Une conversation se fait à deux. Je n'ai jamais aimé ce reproche.

— Ce n'était pas un reproche.

Vincent but une autre gorgée de bière. Laurens faisait tourner les glaces dans son verre dans un geste lent pour les entrechoquer. Son visage las dénotait l'ennui.

— Il y a longtemps que tu n'es pas venu faire un tour à la maison. Ma femme se demande si nous sommes toujours amis.

— Nous le sommes, l'assura Laurens.

Son ton froid ne véhiculait aucune sympathie.

— Tu te souviens de notre dernière rencontre ? demanda Vincent. Ça remonte à des semaines. Tu étais, disons… distant.

— Je suppose que ça non plus, ce n'est pas un reproche ?

— Tu n'as pas changé depuis. Tu es toujours en retrait de ce qui t'entoure. Tu ne réponds plus au téléphone ni à tes courriels. Je t'ai laissé au moins 10 messages.

— Je veux être seul ces temps-ci et, si ça ne te dérange pas, j'aimerais le rester en ce moment.

Cachant difficilement son exaspération, Vincent secoua la tête.

— Écoute, je suis venu à titre d'ami.

— Merci ! As-tu autre chose à ajouter avant de partir ?

Son ton était d'une condescendance éhontée.

— Oui, si tu continues à t'isoler, tu n'en auras plus.

Vincent se leva. Il fouilla dans sa poche pour sortir son portefeuille et laisser un peu d'argent sur le comptoir.

— Si tu ne veux pas prendre un verre avec moi, permets-moi au moins de t'en offrir un.

Laurens ne répliqua pas.

— Je te conseille de parler à quelqu'un. Si ce n'est pas moi, trouve une personne, n'importe qui. Même les psychiatres peuvent avoir besoin d'une thérapie.

Vincent termina sa bière et mit son manteau en gagnant la sortie.

Le conseil eut un effet pernicieux sur Laurens. Il ne percevait pas le changement l'affectant comme néfaste. Au contraire, le fait qu'il soit notable l'encourageait à défendre son bien-fondé.

Laurens n'avait pas besoin d'amis, mais d'une autre rencontre avec le Patient zéro. Le syndrome dissociatif de l'identité de ce jeune homme était une porte ouvrant sur l'interdit, et la récente personnalité ayant investi son corps n'empruntait rien à l'essence de Justin et de Jarne.

Cette manifestation dépasse le cadre clinique. Il s'agit d'une possession.

Possession. Le seul fait d'envisager cette possibilité s'avérait troublant. Paradoxalement, était-il judicieux de l'écarter ? Pour Laurens, la psychiatrie était avant tout une religion remplaçant la recherche de la foi par des notions théoriques.

La quête pour obtenir la vérité sur l'au-delà consistait-elle à unir les suppôts du mal avec les défenseurs du bien ? Dans cette recherche, la ligne divisant les deux clans devait se brouiller, car le vertueux avait en lui les tentations ayant amené l'autre à personnifier le mal. Un mal qui, en voulant guérir, prouvait sa rédemption en combattant celui incarnant l'antagonisme de ses idéaux.

Le Patient zéro t'offre la possibilité de remonter à l'origine de ces dilemmes et de ces combats. Personne d'autre n'importe.

Coupant court à ses pensées, Laurens but son verre d'un trait.

Il se leva, revêtit son manteau et ramassa l'argent laissé par Vincent pour la remettre à l'homme au teint pâle qui le regarda avec méfiance.

— De la part d'un ami, déclara le psychiatre.

Il s'éloigna et sortit de l'établissement avant de permettre au client confus de réagir. Aussi bien rendre la générosité de Vincent à une personne qui l'apprécierait vraiment. Pour Laurens, sa famille et ses amis étaient des distractions du passé. Le Patient zéro était son unique préoccupation.

Personne d'autre n'importe.

22

ÉTÉ 1605

Assises à une table bancale, Cyrielle et Anya se faisaient face. Elles avaient trouvé refuge dans une petite maison loin de leur domicile et du village détruit. Construite en plein cœur d'une forêt, cette modeste demeure se situait au sud de North Berwick et à l'est d'Édimbourg.

Anya posait un regard empreint de déférence sur sa maîtresse.

Anya était plus grande que Cyrielle, et ses larges épaules offraient un contraste marquant avec le reste de sa silhouette féminine. Ses cheveux étaient noirs et ses pupilles étaient sombres comme l'encre.

— Ils ne t'ont pas violentée ?

Elle examina Cyrielle pour déceler des traces de souillure sur ses vêtements déchirés et malpropres.

— Non, la superstition a l'avantage de provoquer la peur. Personne n'osait me toucher à l'exception des gardes à qui on avait ordonné de le faire. Lorsque le feu a été impuissant à m'atteindre, les précautions à mon égard ont été accrues et les seules mains qui m'ont touchée revêtaient la protection de gantelets.

Soudain, Anya arbora une triste expression.

— J'aurais aimé te libérer sans détruire une forêt. On dirait qu'on ne peut punir un crime sans en commettre un autre.

— Ne dis pas cela. Ne te blâme pas de ce qui a été nécessaire pour nous réunir. Pense à la nature que nous allons préserver en punissant Jacques Ier.

Anya acquiesça.

— Je te dois la vie, remercia Cyrielle en serrant délicatement la main d'Anya.

Elle fut attentive. Le partage d'énergie émancipant leurs pouvoirs ne se produisit pas. Cyrielle retira sa main sans relever son observation.

— Rien n'est à ton épreuve. Éventuellement, tu aurais éludé tes geôliers.

— Je préfère éviter de penser aux implications d'une telle évasion.

Anya continuait d'examiner sa maîtresse.

— Tu as maigri en très peu de temps, remarqua-t-elle sur un ton navré.

— L'angoisse, j'imagine.

— Mangeons, déclara Anya en se levant.

Elles avalèrent une purée de pois et des fruits. Ce repas frugal eut l'effet d'un banquet royal pour Cyrielle. Dans les cachots du château d'Édimbourg, elle n'avait même pas eu droit à du pain rassis et à de l'eau fétide.

Cyrielle se perdit dans ses pensées. Elle essayait d'imaginer l'évolution de l'humanité au fil des ans. Elle voyait une escalade de luttes, une sophistication du fer causant des ravages permanents à l'environnement. Néanmoins, elle avait confiance que la nature réclamerait ses droits et que tous les combats des hommes tomberaient dans l'oubli un jour ou l'autre.

— Étonnant comme tout est calme dehors, souligna Cyrielle en prêtant l'oreille.

Elle joua avec les pans de sa robe dépareillée et déchirée.

— Avant de déclencher le brasier, j'avais pris des arrangements pour que, quoi qu'il advienne, nous puissions occuper cette maison, expliqua Anya.

— Rappelle-moi chez qui nous sommes ?

— Une femme courageuse du nom de Natalia. L'an dernier, son mari a été emporté par la maladie. Elle a veillé à son chevet jusqu'à sa mort en implorant sa guérison, mais les prières n'auront pas suffi à l'épargner.

— Parfois, je me demande si ce n'est pas Dieu qui a perdu foi en nous. Où est la femme nous offrant son hospitalité ?

— Durant l'heure où tu t'es reposée, elle est venue furtivement. Elle a pris le nécessaire pour dormir à la belle étoile et n'a pas tardé à disparaître.

Dès qu'elles avaient gagné la demeure, Cyrielle s'était assoupie pour reprendre des forces.

— Elle sait qui nous sommes ?

— Je pense que oui. Elle a un bon instinct et redoute notre implication dans l'incendie ayant décimé la forêt et le village.

— Elle t'en a parlé ?

— Non, mais sa peur veut tout dire.

— Nous devrions partir. C'est malsain de chasser une femme bien intentionnée de chez elle.

Cyrielle s'apprêtait à se lever, mais Anya lui posa délicatement une main sur l'épaule pour l'inviter à rester assise.

— Nous pouvons encore accepter sa générosité sans en abuser.

Elle désigna l'assiette de Cyrielle pour l'encourager à terminer son repas. Happée par un sentiment de culpabilité, Cyrielle en perdit l'appétit. Songeuse, Anya croisa les mains.

— À quoi penses-tu ?

— Je me demandais si Dieu est réellement du côté de Jacques Ier. Si c'est le cas, sommes-nous les monstres dépeints par le clergé ?

— Tout le monde a le droit de vivre, Anya. Je crois que Dieu est l'artisan de la vie et de la mort naturelle. Celui qui tue n'œuvre pas pour Lui. Cette logique m'encourage à penser que nous ne sommes pas les archétypes du mal.

— Le feu est purificateur et il ne doit pas servir à châtier des êtres innocents, se persuada Anya. Les hommes ont perverti son usage en l'utilisant à tort et c'est à nous de rectifier ce crime.

— Notre but n'est pas de causer un carnage, mais d'amener un souverain à reconnaître ses crimes et à vivre dans la honte. Il n'existe pas de pire punition pour Jacques Ier que de se croire abandonné par Dieu. Nous n'allons pas tuer ce roi ; nous ferons pire pour lui en détruisant son règne.

Les propos étaient empreints d'une assurance indélébile, comme des commandements ne pouvant être contestés. Le ton résolu de Cyrielle prouvait qu'elle avait médité longuement sur ce questionnement pour ériger sa croisade.

Des heures à croupir dans une cellule froide dans l'attente d'une exécution ont de quoi forger un mépris inconditionnel envers les hommes, pensa Anya.

— Nous n'allons pas devenir le miroir de nos ennemis, dit Cyrielle, comme si elle devinait les pensées de sa protégée.

Sa voix redevenait forte et vibrante d'autorité.

Ce fut au tour de Cyrielle de regarder intensément Anya. Elle était devenue une très belle femme, mais sa haine pour les hommes l'empêchait de croire en l'amour.

— Comment as-tu su que Jacques Ier m'enverrait pour combattre l'incendie ?

— Je l'ignorais, avoua sincèrement Anya. Mon plan était de semer le chaos pour capter l'attention du souverain. Je voulais utiliser le chantage pour forcer ta libération en promettant d'arrêter les feux. Je n'avais pas envisagé qu'il t'envoie pour résoudre le problème.

Le plan de son élève exposé, Cyrielle se risqua à une autre question.

— Qu'aurais-tu fait si Jacques Ier avait refusé ta revendication?

Anya détourna la tête, craignant que sa maîtresse n'approuve pas sa réponse.

— J'aurais continué à répandre le feu. Je ne suis pas fière de le dire, mais j'étais prête à incendier toute l'Écosse pour garantir ta liberté.

Anya se rappelait l'odeur de bois brûlé et de terre cuite; des ravages impardonnables dont seule la vue de sa maîtresse parvenait à étouffer la culpabilité.

Cyrielle fut mitigée sur la réaction à adopter. Elle n'était pas encline à donner son assentiment ni à formuler des blâmes. Leur récente querelle les avait séparées et elles avaient failli ne jamais se revoir.

— Je suis soulagée et heureuse de te retrouver, Cyrielle, mais nous devons aller de l'avant et faire suite aux actes commis contre toi.

— Je sais. Nous ne pouvons plus faire marche arrière.

Cyrielle tritura le rebord de sa manche de chemise.

— Lorsque j'étais dans la cage et que nous nous sommes touchées. Ça s'est reproduit.

— Tu l'as senti, toi aussi, dit Anya, soudain exaltée.

C'était la deuxième fois qu'elles expérimentaient ce partage d'énergie rehaussant leurs pouvoirs. La première fois avait justement entraîné leur virulente dispute. Avec la visite de Jacques Ier en Écosse, Anya y voyait un signe. C'était le moment ou jamais pour attaquer le roi alors qu'il était vulnérable avec une armée réduite à ses ordres. Cyrielle avait approuvé, mais elle se méfiait de l'emballement de sa protégée. Anya ne cachait pas sa haine pour les hommes. Éperdue et survoltée, elle risquait de rompre sa promesse visant à maîtriser sa rage une fois les hostilités enclenchées.

Pour une des rares fois, elles s'étaient disputées. L'élève reprochait à sa maîtresse sa sympathie pour l'ennemi, et Cyrielle insistait pour mener une croisade minimisant la violence.

Elles s'étaient séparées et, comme pour forcer le destin, les hommes de Jacques Ier avaient envahi leur demeure. Le crime dont Cyrielle avait été accusée avait exposé sa véritable nature, précipitant les événements dont les deux femmes savaient la venue inexorable.

— Nous nous connaissons depuis combien de temps? demanda Anya.

— Près de trois ans.

— Tes enseignements m'ont permis de développer ma capacité à manipuler le feu. Je croyais avoir atteint les limites de mes aptitudes.

— Et pourtant, ce partage d'énergie est totalement nouveau.

— Comment l'expliquer?

Cyrielle se revoyait toucher la main de sa protégée sur la table. Plus tard, Anya lui avait pressé l'épaule. Aux deux occasions, rien ne s'était produit.

— Nous sommes nées différentes, rappela Cyrielle. Nous ne savons pas pourquoi. Pour nous deux, nos habiletés sont apparues au début de la vingtaine. Ce partage de force pourrait être inhérent à la maturité du corps, et non dépendre d'un apprentissage.

— Ou être une combinaison des deux.

— Peut-être, approuva Cyrielle. Le corps humain connaît plusieurs changements causés par le vieillissement. Pour nous, ces cycles peuvent entraîner l'apparition d'un pouvoir latent.

— Qu'importe la raison. La faculté nous est accessible. Exploitons-la !

C'était plus fort qu'Anya : son excitation exposait son agressivité.

Ne voulant pas admonester sa protégée, Cyrielle détourna la tête. Anya la connaissait suffisamment pour comprendre sa réaction.

— Je ne veux pas d'une autre dispute.

— Moi non plus, répondit Cyrielle.

Anya se mordit la lèvre pour ne pas crier sa rage. Pendant que sa maîtresse réfléchissait, elle replongea dans les affres de son passé.

Elle revit son père battre à mort sa mère. Les motifs de la querelle constituaient des souvenirs lointains se perdant dans la violence qui avait déferlé sans prévenir. Son père était à l'origine de son aversion pour les hommes. Plus jeune, elle les évitait pour des raisons conditionnées par la crainte, puis, à mesure qu'elle devenait une femme épanouie qui suscitait la convoitise, Anya avait commencé à les haïr. Dans leur sourire, elle reconnaissait celui de son père. Un leurre abritant une rage pouvant exploser à chaque instant. Enfant, elle n'exerçait aucune emprise sur son père et s'en était remise à l'exemple qu'il souhaitait lui inculquer.

Anya détestait la gent masculine à un stade où l'absolution n'était plus envisageable. Elle ne savait comment pardonner et s'était interdit une vie intime avec l'un d'entre eux. Elle ne désirait pas trouver l'exception, la perle rare infirmant son désir de tous les punir. La déception avait été trop forte pour faire place à l'espoir.

Anya se revit le jour où le fossé s'était creusé.

Elle provenait d'une famille pauvre d'Écosse. Pour son douzième anniversaire, son père avait puisé dans leurs maigres économies pour lui offrir un dessert de qualité. Après le repas du soir, on avait servi à Anya un flan et un riz au lait. Chaque dépense comptait pour leur famille, et sa femme n'avait pu s'empêcher de rappeler le mauvais jugement de cette générosité. Le père, dont les sautes d'humeur étaient fréquentes, s'était rembruni et avait intimé à sa femme de se taire pour ne pas ruiner l'anniversaire de sa fille. Une dispute avait éclaté et la situation tendue avait vite empiré. Pour y mettre un terme, son père avait fracassé la tête de sa mère contre le mur avec une violence épouvantable. Le bruit de craquement du crâne pulvérisé continuait à hanter Anya.

Assise sur sa chaise, paralysée par la peur, Anya avait tremblé en voyant son père s'asseoir en face d'elle avec un sourire narquois, rejetant la gravité de son geste.

Elle n'oublierait jamais la conversation qui s'était ensuivie.

— *C'est l'heure du dessert!*

— *Mais maman saigne.*

— *Ce n'est pas grave. Mange pour devenir grande et forte!*

Terrifiée, Anya avait obéi en pleurant alors que le corps de sa mère à l'agonie était animé de soubresauts. Son père avait employé les mots « sucrerie » et « douceur » d'une voix racoleuse dans l'espoir de tarir ses sanglots.

La mort de sa mère l'avait changée à jamais. Elle était devenue une jeune fille amère et frustrée. Le plus beau jour de sa vie était survenu lorsque son père avait été terrassé par une crise cardiaque en travaillant dans les champs. Lui qui avait fait passer la mort de leur mère pour un accident méritait pire, mais au moins, son départ constituait une bénédiction.

Anya ignorait qu'elle était une sorcière et elle l'avait découvert par hasard.

Ayant quitté sa demeure pour explorer le monde, elle s'était arrêtée à un village où un jeune paysan avait tenté de la séduire près de l'atelier d'un forgeron. Il avait posé le revers de sa main sur sa joue dans un geste attentionné qui avait horrifié Anya.

Pour répondre à cette attention, Anya avait involontairement changé l'étincelle produite par un coup de marteau du forgeron en une mince flamme qui, telle une langue de vipère, avait voyagé jusqu'au jeune homme pour embraser sa courte veste au niveau de l'épaule. Quelques coups avec le plat de la main avaient suffi à étouffer la flamme. S'était ensuivie une altercation entre le jeune homme et le forgeron, qui avait été pointé du doigt pour cette grave maladresse. Autant pour les deux belliqueux impliqués que les témoins réunis, le mouvement atypique du feu n'avait pas été remis en cause. Personne ne tenait à entrevoir la possibilité d'une cause relevant de l'inexpliqué. Personne à l'exception de Cyrielle, qui avait assisté à toute la scène.

Anya balaya ses souvenirs pour revenir dans le moment présent. Dans la maisonnette, une odeur de feuilles sèches se mêlait aux effluves de purée de pois. Il était invitant de s'abandonner au calme ambiant, mais les deux femmes avaient été suffisamment éprouvées dernièrement pour ne pas faire l'erreur de baisser leur garde.

— Si j'avais réagi plus tôt, déclara Cyrielle, au lieu d'attendre et de laisser mourir nos sœurs ; j'aurais dû lever une petite armée avant que nous soyons réduites en nombre.

— Tu n'es pas à blâmer pour les actes perpétrés par nos ennemis et il est encore temps de mettre un terme aux injustices commises.

— Tu as raison. Nous ne pouvons plus nous permettre de nous cacher.

Anya se leva.

— En plus d'organiser l'occupation de cette maison, je t'ai préparé une surprise, annonça-t-elle.

— Quoi donc ? questionna Cyrielle, intriguée.

— Permets-moi de te montrer.

Elle se dirigea vers un coffre en bois et ressortit une robe soigneusement pliée.

— Déshabille-toi et prends un bain. Ensuite, enfile ce vêtement. Les hommes nous appellent des sorcières, mais nous sommes des princesses vénérant le culte de la vie. Cette robe soulignera la dignité qui te revient, compléta Anya en s'inclinant majestueusement.

23

HIVER 2015

Dans la salle à manger de son appartement, Laurens prêtait l'oreille comme si, depuis les tableaux et l'histoire reculée, Jacques Ier pouvait le conseiller. Depuis qu'il avait acheté les toiles, il avait remplacé les encadrements de ses diplômes par les fresques du monarque.

Là était tout le problème du psychiatre ; il n'éprouvait plus aucune fierté à pratiquer son métier. L'époque où il se réjouissait du rétablissement de ses patients était révolue. Son travail était devenu une tranche de vie morne, entrecoupée de moments tout aussi exempts de distinction. Sa vie familiale se résumait à un marasme de lassitude où les efforts pour conserver l'union du couple s'amenuisaient sans cesse. À cette époque, Laurens ressentait l'emprise de la dépression et il n'avait aucun désir de la combattre.

Puis étaient venus les rêves, l'acquisition des toiles et Justin, ou plutôt le Patient zéro. Laurens le surnommait ainsi parce qu'il dérogeait à toute classification. Il était plus qu'une énigme à résoudre : il deviendrait sa gloire personnelle.

Assis à la table de la salle à manger, les mains croisées, Laurens songea aux changements des dernières semaines.

Son insensibilité devrait-elle l'inquiéter ? Sa femme et ses enfants ne lui manquaient pas le moindrement. Au contraire, leur départ constituait l'un des points tournant de son existence.

Il s'agit de ta famille. Tu devrais avoir honte.

Laurens n'en éprouvait pas. Il n'y avait pas si longtemps, il était sur une pente descendante, et se détacher de son entourage lui avait permis de prendre l'élan de son ascension. Laurens ne blâmait aucun membre de sa famille. Il avait juste besoin d'espace, et écarter les gens de son ancienne vie s'était avéré salutaire.

Il y a Léane.

Muré dans son isolement, le psychiatre en oubliait Léane.

Elle était la seule personne qu'il affectionnait depuis le commencement des rêves. Avec elle et seulement en sa compagnie, il parvenait à oublier le Patient zéro. Difficile d'en expliquer les raisons. Probablement parce qu'il l'avait rencontrée alors qu'il se portait mieux. Elle était là à l'aube de sa renaissance et aujourd'hui, elle en faisait naturellement partie.

Laurens avait croisé Léane au bar où Vincent était venu prendre de ses nouvelles.

À leur troisième rencontre, ils avaient fait l'amour. Le sexe entre eux était cru ; une relation consumée pour assouvir l'instinct, et non ériger la passion. Ensuite, leurs discussions gagnaient en franchise et ils n'abordaient jamais le sexe, prouvant qu'il était satisfaisant.

Léane était merveilleuse. Elle appelait rarement, mais toujours au bon moment. Ils ne passaient jamais une journée complète ensemble. Léane partait toujours en vitesse sans se justifier et chaque fois, le psychiatre était tenté de lui demander de rester.

Grande, mince, jolie, brune. Elle contribuait définitivement à l'enthousiasme récent de Laurens.

Et le Patient zéro.

Léane était un pilier pour son équilibre et le Patient zéro, le moteur de son obsession.

Tu dois le revoir.

Ce n'était pas qu'un souhait, mais une nécessité.

Comment procéder? À l'Institut Philippe-Pinel, Laurens avait des séances privées complètes avec Justin. Il avait rédigé une série de questions adéquates pour favoriser l'apparition de la nouvelle personnalité du Patient zéro. Cette incarnation était comme un animal réfugié dans son antre. Étudiait-il Laurens qui essayait de l'exposer? La complexité de l'exercice s'apparentait à une forme de duel, bien que cela diverge d'une approche rationnelle. Le Patient zéro était tout sauf un cas singulier.

Dans la salle à manger, Laurens détailla les toiles de Jacques Ier. Elles représentaient le modèle d'inspiration parfait, la force à travers le temps.

Quelles étaient les bonnes questions pour rétablir le contact avec la personnalité étrangère?

Tu as ressassé nombre de fois le début de l'entretien précédent cette rencontre. La solution n'est pas là. Pose de meilleures questions.

Le téléphone s'éveilla. Laurens sursauta.

Pourvu que ce ne soit pas mon ex-femme.

Il ne pourrait feindre son détachement et il n'avait pas envie de se faire reprocher sa léthargie. En revanche, il aimerait parler à Léane.

Le psychiatre se leva et alla au salon pour récupérer son cellulaire sur une table basse. L'afficheur masquait le numéro. Ce n'était donc ni son ex-femme ni Léane. Laurens décrocha après la cinquième sonnerie.

— Bonjour, dit-il en s'efforçant de ne pas paraître ennuyé.

Un silence suivit. Laurens s'attendait à entendre une voix enregistrée lui proposant une offre de service ou un choix de touche l'orientant vers un préposé. Non, ce qu'il reconnut découlait du miracle.

— Docteur? C'est vous, docteur?

Laurens écarquilla les yeux et eut le souffle coupé.

Était-ce possible?

Justin l'appelait toujours docteur.

Dans son sanctuaire où il se recueillait devant l'incarnation de Jacques Ier, ses prières avaient été entendues.

— Je…

Laurens s'interrompit. Comment Justin avait-il obtenu son numéro?

Ce n'est pas la bonne question. Ne ruine pas cette occasion. Chaque seconde compte.

— À qui est-ce que je parle ?

— Vous parlez à Justin, voyons.

Le patient s'exprima avec une contrariété boudeuse.

— J'ai besoin de vous parler, docteur. J'ai besoin de vous. Il est arrivé quelque chose. Quelque chose… de grave.

Le cœur de Laurens cognait fort dans sa poitrine. La personnalité s'était-elle révélée ? Une possibilité peu probable considérant que Justin et Jarne ne conservaient aucun souvenir de cette manifestation.

— Je t'écoute, Justin. Tu peux me faire confiance, comme tu le faisais à l'institut.

Il perçut un grognement enfantin, l'aube d'un mécanisme de défense s'enclenchant lorsque Justin était contrarié. S'il insistait, même avec délicatesse, le patient risquait de s'isoler davantage dans son monde intrinsèque.

— J'aimerais discuter.

— Je t'écoute, Justin.

— Pas au téléphone… plus près.

C'était sa chance. Laurens devait insister sur une rencontre.

— Tu aimerais que je passe te voir ?

— Oui, si Jarne vous ouvre la porte, demandez-lui de me réveiller. Sinon…

Il y eut un long bâillement.

— … il va vous faire perdre votre temps.

— Tu veux que je vienne tout de suite, Justin ?

— Dans deux ou trois heures. Je dois dormir avant.

Enfin, c'est ta chance.

— Préfères-tu dans deux ou trois heures ?

— Quoi ? geignit-il.

N'insiste pas. Il t'ouvre la porte, alors ne la referme pas en le froissant.

— Je serai là dans deux heures. Ça te va ? Et je parlerai avec Justin.

Un raclement de gorge et un soupir de fatigue suivirent.

— J'ai ton adresse dans mes dossiers. Tu habites toujours avec ta mère dans un appartement dans l'arrondissement Côte-des-Neiges—Notre…

Justin avait raccroché.

Laurens attendit avec l'espoir de réentendre la voix.

Le bip insistant et continu enchaîna pour lui rappeler l'absence d'un interlocuteur. Puis, un message enregistré le pria de raccrocher et Laurens s'exécuta. Ses mains tremblaient.

Il retourna à la salle à manger pour bénéficier du réconfort du monarque et le remercier de cette occasion, comme un pénitent l'aurait fait envers Dieu.

24

Il était 21 h 15. Norah et Daan dînèrent tard au loft. Ils avaient pris l'habitude de déguster un long repas assis sur le plancher à côté de la table de la cuisine. Norah s'accordait parfaitement à ce rituel. Lorsque l'alcool commençait à faire effet, elle ne pouvait pas tomber plus bas.

Ils mangeaient des spaghettis aux boulettes de viande. Entre eux, ils avaient disposé le parmesan, le sel, des épices et une bouteille de vin rouge.

Daan avait des pansements adhésifs sur le majeur et l'index de sa main gauche.

— Les projets manuels avancent toujours ? demanda Norah sur un ton ingénu.

— Rien ne m'arrête, répondit-il en exhibant fièrement ses doigts pansés.

— Où en es-tu avec la fabrication de ta table... je veux dire ta chaise?

— Elle est terminée et elle est parfaite. Par contre, on ne peut pas s'asseoir dessus.

Buvant une gorgée de vin, Norah manqua d'en renverser en riant.

— Fais attention pour ne pas en gaspiller. C'est la dernière bouteille.

— Nous irons en chercher une autre.

— À cette heure, nous aurons droit à un grand cru de dépanneur.

— La deuxième bouteille est toujours plus facile à aimer.

— Voilà un avis judicieux partagé par une sommelière experte.

— Je n'aurais pas fait une bonne sommelière. Cracher du vin, tu imagines? J'aurais préféré l'avaler, être ivre et mettre un peu d'ambiance durant les grandes dégustations trop coincées à mon goût.

— J'espère voir ça un jour, affirma Daan en levant son verre.

Ils trinquèrent en riant.

Dehors, le ciel libérait de lourds flocons. Parfois, le vent s'amusait à en attraper une poignée pour les faire virevolter. La danse était courte et les grains étaient relâchés et libres de poursuivre leur descente pour recouvrir la ville d'un fin duvet blanc. Les passants incarnaient des ombres dans ce décor fantomatique.

— Je pensais à ton cactus.

Norah se mordilla la lèvre inférieure pour éviter de sourire.

— Nous sommes vendredi soir. Avec un peu plus de vin, je vais être chaude dans tous les sens du terme, et tu veux me parler de mon cactus?

— D'où vient un truc pareil?

— D'abord, c'était à ma tante, répondit Norah en simulant une fausse exaspération. Elle non plus ne sait plus trop d'où il provient.

— Quel beau centre de table ferait-il, insista Daan.

— Un peu comme toi, elle avait de la difficulté à s'y attacher. Disons qu'elle n'a pas insisté pour le conserver.

— Difficile d'affirmer qu'il s'agit d'un cadeau.

Il but une gorgée de vin et avala des spaghettis en produisant un bruit de succion peu élégant.

— Nous n'allons pas discuter cactus toute la soirée, mon amour.

— Ça manque de piquant?

— Très drôle. Elle est tellement bonne que je la rirai un peu plus tard.

— Tu l'aimes bien, ta tante.

Daan regretta aussitôt cette affirmation. Norah n'aimait pas aborder ce sujet et, habituellement mécontente, elle s'indignait pendant plusieurs minutes avant de redevenir naturelle et détendue.

— Désolé, je n'aurais pas dû…

— Non, ça va, l'assura Norah en l'interrompant poliment.

Surpris, Daan la fixa. Norah but une gorgée et posa sa coupe.

— J'avais sept ans lorsque mon père s'est enlevé la vie. Je garde très peu de souvenirs de lui. J'ai été remise aux soins de ma tante, et elle est devenue la figure maternelle de mon enfance.

N'ayant plus faim, Norah repoussa son assiette à moitié vide.

— Enfant, j'étais farouche avec elle. Étais-je à blâmer ? À leur façon, mes parents m'avaient abandonnée. Je vivais très mal cette douleur et je la reprochais continuellement à ma tante, non avec mes mots, mais par mes actes. Adolescente, je continuais à me montrer distante.

Norah but rapidement une autre gorgée.

— J'étais égoïste et je la blâmais alors qu'une mère parfaite n'aurait pas fait mieux.

La surface de ses yeux s'irisa et deux sillons de larmes se peignirent sur ses joues.

— Ma tante me répétait qu'elle ne remplaçait pas ma mère et moi, j'agissais comme si elle le faisait… même si je prétendais le contraire. Elle a été irréprochable et elle tolérait sans cesse mes silences lourds de jugements.

La voix enrouée, Norah se tut pour se ressaisir.

— C'est en quittant la maison de Rosemère et en emménageant à Montréal que j'ai finalement compris mon ingratitude doublée d'injustice.

Norah essuya les larmes sur ses joues rosées.

— Je me suis excusée à plusieurs occasions et, chaque fois, ma tante prétendait qu'il n'y avait rien à pardonner.

Le silence qui suivit invita Daan à s'exprimer.

— L'histoire avec tes parents est une épreuve qui dure toute une vie.

— Ce n'était pas une raison pour agir de la sorte, contra-t-elle d'une voix rauque.

— Cesse de t'en faire. Tu as partagé tes regrets avec ta tante et elle comprend. L'important est que vous vous entendiez mieux aujourd'hui.

Le chagrin de la jeune femme se tarit sous l'effet de ces bons mots.

— Merci.

Daan secoua la tête pour indiquer son incompréhension.

— De m'avoir écoutée, précisa Norah.

— Franchement, tu n'as pas à me remercier. C'est quand tu veux.

Un sourire aux lèvres, elle termina sa coupe et Daan en fit autant.

Ils passèrent les secondes suivantes à se regarder.

Daan était follement amoureux de Norah. Même lorsqu'elle était en colère, ses propos ne véhiculaient pas l'agression, mais plaidaient une cause légitime où il était difficile d'argumenter. La douceur de sa voix amenait Daan à regretter chaque discorde. Il en oubliait les raisons de la dispute et recherchait une trêve au plus vite. Courir le risque de ne plus être aimé par cette femme l'effrayait. Daan s'interdisait de lui donner un prétexte pour justifier une séparation. Il avait trop à perdre et il appréciait chaque minute en sa compagnie. Dans l'aura de sa lumière, le quotidien s'assainissait.

— Nous avons besoin d'un peu de rouge pour terminer la soirée.

Daan se leva.

— Je vais aller te chercher un grand cru de dépanneur.

— C'est une belle attention.

— Tu ne mérites rien de moins.

Il se pencha pour l'embrasser.

— Je ferai vite.

Après avoir mis manteau, bonnet et bottes, Daan claqua la porte.

Norah tira son assiette. Elle entoura un spaghetti froid avec sa fourchette et le porta à sa bouche.

Depuis leur retour du chalet, chaque fois qu'elle était seule, le souvenir rutilant de l'âtre s'imposait. Plus elle tentait d'écarter l'incident avec les flammes, plus elle y revenait. Norah ne désirait pas analyser le souvenir du feu ravivé avec la logique. Il s'ensuivait un méandre complexe d'appréhensions pour démentir ce qui s'était produit. Envisager une explication mystérieuse et magique était tellement plus intéressant. Sans se presser à répéter l'expérience, Norah serait attentive à son influence réelle ou non sur le mouvement des flammes lorsqu'une prochaine occasion se présenterait. Elle aimait l'idée d'être surprise et s'interrogerait plus sérieusement sur sa capacité à agir sur le feu si elle s'avérait fondée.

Capacité à gérer le feu? Comment en es-tu venue à penser une chose pareille? Pourquoi?

Grisée par l'alcool, elle ignora ses réflexions pour ne pas ruiner son moment.

Norah se leva pour s'approcher d'une fenêtre. Dehors, les lumières de la ville défiaient les chutes de neige qui s'intensifiaient. Malgré le froid à l'extérieur, la nuit lui parut chaleureuse, car elle songeait à un feu continuant à vivre sur ses cendres.

25

ÉTÉ 1605

Cyrielle portait le cadeau offert par Anya. C'était une robe rouge en lin aux manches longues dont les poignets brodés dénotaient beaucoup d'élégance. Le corsage serré et la jupe à soufflets soulignaient sa taille élancée. Anya lui avait aussi procuré des bijoux. Un bracelet en cuir et laiton ceignait son bras au-dessus du coude et elle portait un collier de pierres grenat.

Cyrielle avait une peau de pêche et des fossettes teintées de rose. À 37 ans, elle était très belle et elle le serait davantage en adoucissant ses traits perpétuellement sérieux.

— Où as-tu trouvé cette robe ? La taille est parfaite.

Le sourire de Cyrielle réconforta Anya. Pendant un moment, la rudesse de ses traits s'auréola d'une douce lumière.

— C'est mon petit secret, déclara Anya. Rassure-toi, je ne l'ai pas volée.

— La couleur rouge est plutôt voyante.

— Nous ne pouvons plus rester discrètes ou cachées. Les forces de Jacques Ier mobilisées en Écosse seront bientôt à notre recherche.

Cyrielle s'approcha de sa protégée.

Par leur proximité, elle attendait un signe précurseur annonçant l'union et l'amplitude de leurs pouvoirs. Rien ne se produisit. Même s'il n'était pas constant, le contact physique semblait au cœur du phénomène.

— Merci beaucoup, mon amie, dit Cyrielle.

Elles sortirent pour baigner dans la lumière du jour. Des odeurs végétales embaumaient l'air. Le regard de Cyrielle se perdit dans la contemplation de l'horizon. Elle distingua l'ébauche d'un arc-en-ciel ; un trait chamarré sur la toile d'azur dessiné par un dieu invisible.

Le visage d'Anya s'assombrit.

— Le feu ne devrait jamais servir à brûler une personne, affirma-t-elle. Les hommes commettent une impiété en prétendant purifier le malin avec les flammes. Leurs crimes sont impardonnables et il est temps de rectifier ce qui perdure depuis trop longtemps.

Anya disait toujours « les hommes ». Elle le répétait continuellement pour s'en convaincre et pour dépersonnaliser l'ennemi avec une notion de généralité.

En public, son ton assuré et agressif aurait dissuadé quiconque de lui adresser des reproches. Cyrielle se méfiait encore et toujours de son emportement. Elle y voyait un déluge menant à des conséquences irréparables. Les deux femmes s'apprêtaient à défier une redoutable autorité, et un roi n'abandonnerait pas sa couronne sans se battre. Elles devraient faire preuve de retenue et de jugement pour que les tensions ne deviennent pas des catastrophes.

— Une punition ne doit pas mener au meurtre, avertit Cyrielle. Tu dois le comprendre.

Les traits d'Anya se crispèrent. Nul doute, elle pouvait gouverner toutes les flammes, mais celle qui sévissait dans son cœur était la plus difficile à dominer.

— Je comprends aussi que ta philosophie est une arme qui peut se retourner contre toi.

Cyrielle prit un air solennel. Pour Anya, le pouvoir combiné entre deux sorcières constituait une dangereuse ivresse qui risquait de devenir indomptable. Ce fut d'ailleurs ce qui avait manqué de se produire au village enflammé.

— Tu es sur une pente dangereuse, Anya. Tu ne dois pas haïr tous les hommes. Je suis persuadée que plusieurs obéissent à Jacques Ier sans approuver son régime. La tyrannie est l'arme la plus efficace pour garantir la loyauté.

Anya secoua la tête.

Fais la part des choses pour éviter une autre dispute.

— Le respect inspire aussi la loyauté. Je suis et reste avec toi. Toutefois, mon opinion demeure la même : tu es beaucoup trop tolérante. Le monde change avec la cruauté, et non la douceur. Il est dangereux de ne pas égaler la brutalité de l'ennemi dans un combat.

— Pas si on le surclasse. Tu m'as libérée sans tuer personne. Ne l'oublie pas.

— La surprise a joué en notre faveur. À notre prochaine altercation, les hommes de Jacques Ier, même dans la déroute, seront plus dangereux.

— Je t'ai déjà dit qu'on ne peut enseigner de leçon aux morts. Les coupables doivent reconnaître la gravité de leur crime. Je refuse de devenir comme Jacques Ier et de mettre à mort ses troupes pour instaurer une dictature. En usant de nos dons surnaturels, la peur deviendra notre instrument.

Cyrielle avait élevé la voix. Son ton ferme était conditionné par la conviction, et non l'aigreur.

— Je te répète que je suis avec toi et que je ferai selon ta volonté, insista Anya.

— Nous avons les mêmes idéaux. Atteignons-les sans bain de sang.

Les fameux idéaux de Cyrielle l'obligeaient à faire beaucoup de concessions, mais Anya se garda de le préciser.

— Nous défendons celles ne pouvant le faire elles-mêmes, dit-elle.

— Sur ce point, nous sommes d'accord, approuva Cyrielle. Il n'existe pas de cause plus noble que de se porter à la défense des opprimés.

Malgré ce discours honorable, la vengeance occupait les pensées d'Anya. Elle désirait entendre les sanglots des hommes pour parer à l'injustice commise envers sa mère.

— En nous dressant contre Jacques Ier, nous ferons une telle démonstration de nos pouvoirs que cela assurera la capitulation du monarque et empêchera tout risque de représailles, proféra Cyrielle.

Elle s'approcha de son élève pour la regarder droit dans les yeux.

— Nous ferons un feu si haut qu'il dépassera les remparts du château de Jacques Ier.

Anya était si heureuse d'entendre Cyrielle prononcer ces mots. Le visage rayonnant, elle en oublia son ressentiment.

— Un feu qui éclipsera le soleil?

Cyrielle acquiesça.

— Mais, nous procéderons à ma manière en limitant le nombre de pertes humaines. L'enseignement que je veux inculquer ne nécessite pas de carnage.

— Un combat reste un combat, rappela Anya. On ne peut garantir une issue idyllique lorsque nous nous mesurons à des radicaux et des fanatiques religieux.

— C'est pour cette raison que la prudence s'impose. Je ne veux pas répandre la mort, je souhaite donner une leçon de vie, et les gens doivent être vivants pour apprendre de leurs fautes.

Anya acquiesça même si elle prêchait pour une démonstration beaucoup plus sanglante. Elle se promettait de faire des efforts. Toutefois, si l'ennemi s'avérait perfide, elle deviendrait impitoyable.

— Je suis et resterai avec toi, quoi qu'il advienne, promit-elle.

Cyrielle approuva d'un hochement de tête. Puis, tiraillée par l'hésitation, elle soupira. Il était temps de faire une importante déclaration.

— Nous aurons besoin d'une troisième consœur.

Anya accueillit cette information avec étonnement. C'était la première fois que Cyrielle mentionnait le recrutement d'une autre sorcière.

— Ça ne sera pas facile, prévint Anya. Nous avons presque été chassées jusqu'à l'extinction. Beaucoup de sorcières n'ont pas réussi à se protéger et à empêcher leur capture. C'était des femmes en apprentissage et elles disposaient de pouvoirs inférieurs aux nôtres.

— Celle-là n'a pas encore été mêlée aux conflits. Je le sens. Toutefois, avec la visite de Jacques Ier en Écosse, sa sécurité est grandement menacée. Elle vit à North Berwick et le monarque a des souvenirs houleux de ce village. Je refuse que cette femme paye pour les crimes de ce fou qui prétend être au service de Dieu.

— Comment sais-tu tout ça? s'enquit Anya, intriguée. Tu ne m'as jamais parlé de cette femme. Qui est-elle?

Un sourire tendre naquit sur les lèvres de Cyrielle.

— Je te le dirai lorsque nous l'aurons retrouvée. Avec son aide, je peux te garantir que personne ne nous arrêtera. À elle seule, elle pourrait surpasser nos talents combinés.

Mesurant la nature de cette révélation, Anya écarquilla les yeux.

— J'aurais préféré lui épargner de se joindre à notre croisade, mais nous ferions une erreur en nous privant de cet atout majeur.

— Étonnant que tu n'aies pas évoqué cet « atout majeur » avant aujourd'hui, souligna Anya.

Je voulais la protéger, pensa Cyrielle.

— Je ne me pardonnerai jamais si elle finit au bûcher sans savoir qu'elle avait la faculté de tout changer.

Cyrielle s'exprimait avec beaucoup d'émotions.

— Tu es fébrile, remarqua Anya. Je ne me souviens pas t'avoir vue comme ça depuis longtemps.

— C'est le potentiel de cette femme qui me trouble. Il s'agit d'un véritable prodige. Son pouvoir est latent et une fois éveillé, aucune sorcière ne sera son égale.

— Tu en es certaine ? demanda Anya, médusée.

— Avec elle, nous avancerons en géantes sur l'ennemi et écraserons toute résistance.

Cyrielle avait de la difficulté à entrevoir les limites de cette union. Ensemble, elles atteindraient un nouvel échelon de possibilités. Cette fille serait exceptionnelle. Cyrielle le savait.

Les deux femmes reportèrent leur regard sur l'horizon. L'ébauche de l'arc-en-ciel y était toujours, comme un signe d'espoir traçant un pont entre le divin et l'humanité.

26

Flaure tissait dans la clairière près du village. Assise sur le tronc d'un arbre coupé, elle avait disposé son matériel autour d'elle et, concentrée, s'affairait à la tâche.

Feignant un malaise pour s'éloigner des autres bûcherons, Odrick l'avait suivie en conservant ses distances pour ne pas être repéré.

La tentation était de plus en plus forte, le désir, difficile à réprimer. Il devait la toucher. N'avait-il pas le droit de s'accorder ce petit plaisir? Lui qui était la brebis galeuse du village? Bien sûr, cette initiative serait lourde de conséquences, mais il revivrait le souvenir de son plaisir pris par la force lorsque le châtiment viendrait.

Odrick ne voulait pas dissimuler son visage. Elle devait le voir et savoir ce qu'il commettait. Ensuite, les gens auraient une raison — sa raison — de le détester au lieu de le rejeter pour sa laideur.

— On espionne les jeunes filles ?

Sursautant, Odrick s'arracha à son objet de contemplation pour se retourner. L'air mauvais, il découvrit Gaël, qui le détaillait avec une expression fade et indifférente. Le bûcheron se rapprocha du nouveau venu.

De grosses bajoues, un nez épaté, des cheveux gras ; Odrick était très laid. Légèrement potelée, sa charpente était plus imposante que celle de Gaël. Il avait les épaules tombantes, et son corps était empreint d'une lourdeur criant la maladresse. En revanche, ses mains étaient énormes. En frappant la cible, des poings de cette taille provoqueraient de sérieuses douleurs.

— Tu n'as plus de bûches à couper ?

Odrick dégageait une odeur de graillon comme s'il avait passé trop de temps dans une cuisine insalubre.

— Les bûches ne sont pas impatientes, contrairement aux gens, renchérit-il. Pourquoi ? Tu manques de bois pour réparer tes toits ?

Aucunement impressionné par le ton sardonique, Gaël conservait un air impartial.

— Le bois ne manque pas au village. On ne peut pas en dire autant pour les bons bûcherons.

Ce n'était un secret pour personne qu'Odrick se fatiguait rapidement et qu'il passait plus d'heures à l'ombre des arbres qu'à s'échiner au travail.

— Que fais-tu ici, Gaël ?

— Et toi ? C'est assez évident. Tu aimes reluquer ?

— Tu préfères que je prétende le contraire ? grogna Odrick sur un ton hostile.

— Pourquoi ne pas la regarder au village ?

— Je le fais. Mais ici c'est mieux. Je préfère la détailler en solitaire.

Il pencha la tête vers Gaël.

— Tu voudrais que nous partagions ?

Cette proposition peu honorable n'impressionna pas Gaël et elle exprimait les intentions franches d'Odrick.

— Il ne tient certainement pas à toi de suggérer un marché semblable.

— Réponds à la question au lieu de l'éviter. Tu travailles avec son père. Tu croises Flaure régulièrement. Impossible de ne pas la remarquer à moins d'être aveugle.

Encouragé par le silence de Gaël qui le dévisageait froidement, Odrick s'avança, talonné par l'écho des voix diffuses provenant du village.

— Allez, avoue. Tu aimerais te la faire, cette petite paysanne, n'est-ce pas?

— Fais attention à ce que tu dis.

Odrick railla.

— Ce que je dis me convient parfaitement. Tout comme mes envies pour Flaure.

Le corps tendu, il insufflait la menace.

— Je me demande une chose, poursuivit Odrick avec un air malicieux. Toi, que fais-tu ici? Après tout, dit-il en regardant en direction de Flaure, tu n'es certainement pas là pour moi.

— Je suivais ton odeur. Je m'attendais à découvrir un chien mort et je suis tombé sur quelque chose d'encore plus repoussant.

Le visage d'Odrick se décomposa. Il se racla la gorge et cracha de la glaire aux pieds de Gaël.

— Attention, le chien pourrait mordre.

— Pour l'instant, il ne fait qu'aboyer, susurra Gaël.

Plutôt que de réagir à l'insulte, Odrick fit part d'une observation.

— Pourquoi tu murmures? Crains-tu d'attirer l'attention de Flaure? Aurais-tu peur qu'elle te découvre au sommet de cette colline à l'observer ? Elle pourrait en déduire de drôles d'idées. Pourquoi Gaël, le gentil ouvrier qui lèche les bottes de papa, se cache-t-il pour la regarder, en compagnie du détestable Odrick ?

L'air bravache, il brandit un poing sous le nez de Gaël, qui ne broncha pas.

— Disparaît avant que je t'éclate la tête.

— Qu'as-tu sur la joue ? demanda Gaël. Ça ressemble à une bosse.

Vif comme l'éclair, il envoya un direct au visage d'Odrick, qui s'affala. Mince et musclée, la silhouette svelte de Gaël ne laissait pas présager une telle force.

L'impact ébranla solidement Odrick. Il ouvrait et fermait frénétiquement les yeux comme s'il émergeait d'un long sommeil. Il se releva et manqua de tomber à nouveau.

— Retourne au village, et que je ne te surprenne plus à épier Flaure, à cet endroit ou ailleurs.

Reprenant ses esprits, Odrick s'élança pour saisir le collet de Gaël.

Au lieu d'attaquer de front, le jeune homme recula pour entraîner son adversaire, empoignant sa chemise avec lui. Il perdit l'équilibre et, au moment où il lâchait prise pour amortir la chute avec ses mains, Gaël le cueillit avec un coup de genou au menton. Le corps flasque, Odrick s'étala sur le ventre. Sa vision se peupla d'un tourbillon d'étoiles et il lutta pour éviter de perdre connaissance.

Gaël l'aida à s'asseoir et Odrick, trop ébranlé, n'opposa pas de résistance.

Le jeune homme tendit l'oreille. Il espérait que Flaure n'ait pas entendu les bruits de leur affrontement. Si elle venait vers eux, comment justifier leur présence ? Il attendit et, soulagé, ne la vit pas apparaître.

Gaël reporta son attention sur Odrick, lequel se moucha avec la main et essuya la glaire entre ses doigts sur l'herbe. Il palpa la bosse sur sa joue et grimaça.

— Écoute attentivement. Fais un effort pour retenir deux choses. D'abord, nous ne parlerons jamais de ce qui vient de se produire. Ensuite, au village, nous faisons comme d'habitude et nous nous évitons. Ça ne devrait pas poser de problème puisque nous ne nous sommes jamais vraiment aimés.

Gaël se tut et attendit qu'Odrick le regarde avant de poursuivre. Il dardait des yeux menaçants dans ceux vitreux du lourdaud.

— Si tu recommences à espionner Flaure, nous n'aurons pas de discussion et tu n'auras pas droit à un second avertissement. Je te ferai mal, très mal, et tu ressentiras cette souffrance pour le reste de tes jours chaque fois que tu soulèveras une hache.

Odrick tressaillit. La menace tarit toute protestation.

— Comme il y a de bonnes chances que cette discussion soit notre dernière, aimerais-tu ajouter quelque chose ?

Odrick secoua la tête.

— Excellent, tu arrives à te faire comprendre sans prononcer un mot.

Debout, Gaël s'attarda aux côtés d'Odrick.

— C'est clair. Tu veux quoi de plus ?

Alors qu'il était encore pantelant, ses yeux imploraient la pitié.

— Nous rentrons au village ensemble.

— Et si je ne veux pas y retourner ?

— Pas de problème. Va où bon te semble. Mais tiens-toi loin de Flaure.

Le dernier propos était ferme et sans espoir d'argumentation.

Barbé, Odrick se releva et rebroussa chemin sans se presser. Morose, il jeta un regard par-dessus son épaule. Gaël lui emboîtait le pas en gardant une bonne distance entre eux. Alors que Flaure continuait à confectionner des tissus, les deux hommes regagnèrent le village sans échanger une parole.

27

Adelphe s'accorda une autre pause. Redoutant continuellement le pire, il préférait conserver ses forces et être prêt à toute éventualité.

Le dos appuyé contre un tronc d'arbre, son arc et son sac sur les genoux, le démonologue détailla ses paumes. Les marques attestant ses années de labeur aux champs dans son village en Italie s'étaient atténuées. Ses mains étaient lavées de la preuve de l'époque où il avait été un ouvrier avant de déléguer sa sale besogne à Caïn.

Tu aurais aimé une vie banale et sans histoire, n'est-ce pas ?

Le démon lui avait fait voir l'hypocrisie des hautes instances, mais Adelphe refusait toujours de s'allier aveuglément à lui. La prudence était requise. Elle l'était depuis qu'il avait mis les pieds à Rome.

Plus rien ne le surprenait concernant la portée et l'influence de l'Église. Avec ses espions, le Vatican avait des yeux sur toute l'Europe et suivait de près le moindre événement pouvant être attribué aux sorcières.

Dans la Cité, Adelphe avait entendu toutes sortes de rumeurs. On parlait de feu défiant les lois de la physique, de flammes vertigineuses et de fumée toisant les caprices du vent ; superstitions et délires frivoles entraînant autant l'outrance que la commisération. Adelphe croyait à ces lubies et il n'était pas le seul. Les dires avaient certainement été déformés, mais les faits demeuraient suffisamment inquiétants pour que le Vatican s'y intéresse.

Étonnamment, Adelphe avait été mandaté pour enquêter.

C'était parfait. On lui offrait la possibilité de quitter Rome avec la bénédiction du pape, ce qui lui évitait d'échafauder un plan d'évasion. Après trois ans de service, l'idée de s'échapper l'obsédait.

Il fut surpris que Paul V ne lui assigne aucune escorte. Apparemment, la discrétion

absolue prévalait sur sa sécurité. Le démonologue n'allait pas s'en plaindre. Il était aussi
d'avis que son don d'invocation et ses habiletés
d'archer constituaient une défense suffisante.

Durant son périple, Adelphe s'interrogea
sur les raisons conditionnant le Vatican à le
laisser voyager seul. Il ne croyait plus au prétexte d'une mission clandestine.

Après le décès de Clément VIII, le
3 mars 1605, Paul V avait vite appliqué des
réformes. À Rome, le pape avait évincé les
évêques et les archevêques de leurs diocèses.
D'une certaine façon, Adelphe avait aussi été
exilé.

Sa mission trahissait la volonté de Paul V
de se départir du démonologue. Avec les secrets
des sorcières, le christianisme disposerait
d'une arme redoutable contre ses adversaires.
Si Adelphe échouait et ne revenait pas de son
périple, le pape se débarrassait d'un collabora-
teur gênant. Quoi qu'il advienne, Paul V était
gagnant.

Même si certains cardinaux ignoraient la
contribution d'Adelphe, le bouche-à-oreille
avait été inévitable parmi les troupes pontificales. Plusieurs soldats le détestaient et le
considéraient comme un hérétique. Ils voyaient

dans sa dévotion à la chrétienté un parjure et le soupçonnaient d'athéisme. Clément VIII avait usé de son influence pour qu'Adelphe préserve ses fonctions au Vatican, et il suspectait Paul V de ne pas lui vouer la même confiance que son prédécesseur.

Adelphe avait bien appris du jeu de la déception puisqu'il avait quitté le Vatican pour parfaire son propre destin. Il n'avait pas l'intention de revenir et en trouvant l'arbre mythique, plus rien ne serait comme avant.

Toujours appuyé contre l'écorce, Adelphe repensa à sa rencontre avec le haut gradé des troupes pontificales, du nom de Thomas, qui lui avait détaillé sa mission.

— Difficile de comprendre pourquoi un homme de Dieu utilise un arc pour défendre ses convictions religieuses, avait-il lancé d'emblée.

Les propos du haut gradé avaient été acerbes, révélant une admiration personnelle et la logique d'un homme imbu de lui-même.

Une longue table ovale entre eux, les deux hommes occupaient une pièce souterraine et étriquée au Vatican.

— Bien des gens sont indifférents à la parole de Dieu. L'inconnu est propice au danger et je dois y faire face en étant le mieux préparé possible. J'ai choisi de servir le Tout-Puissant. Ceux qui s'opposeront à moi s'opposent également à Lui et ils seront écartés de force si nécessaire.

Pour expliquer sa présence au Vatican, Adelphe était perçu comme un prêtre malgré une aube dérogeant aux normes habituelles.

Avec une expression affichant son désintérêt, Thomas avait pointé l'arc du démonologue.

— Cette arme reste très rudimentaire comparativement à vos talents reconnus en démonologie.

Le haut gradé connaissait la vérité sur Adelphe et il avait assisté à plusieurs de ses interrogatoires.

— Je préfère éviter le combat rapproché. Mieux vaut attaquer un adversaire à distance avec une flèche au cœur si je ne peux user de mon don.

— Un engagement peu loyal.

— La victoire me satisfait et elle me fait oublier les moyens pour l'obtenir. Il n'y a aucun honneur dans l'affrontement et comme je n'engagerai jamais les hostilités en premier, je ferai en sorte de les remporter.

— On cherche tous à justifier ses choix, avait relevé Thomas sur un ton suffisant.

Son sourire mesquin ressemblait à un prélude annonçant une suite de railleries, mais le haut gradé avait préféré se taire pour ne pas pousser l'affront plus loin. Les deux hommes servaient le pape d'une manière très différente, et leur reconnaissance pour lui ne s'élèverait pas en ébruitant leur mésestime réciproque.

Thomas avait émis un reniflement méprisant. À ses pieds, il avait récupéré une cotte de mailles et l'avait mise sur la table.

— L'armure est ajustée à votre taille. Voulez-vous la porter ? Elle conviendrait mieux avec votre arc et… tant qu'à ternir l'habit des prêtres avec vos liserés rouges…

— Je n'ai jamais porté d'armure et je ne compte pas en ressentir les désagréments durant mon voyage. Ma réponse est non.

Ne tenant pas à collecter plus de détails, le haut gradé avait écarté le vêtement. Ses gestes relevaient d'une attention minutieuse et contrastaient avec son détachement accablé.

— Je me demandais une chose : auriez-vous préféré que le pape vous donne personnellement cette mission ?

— Sa présence est toujours un honneur et son absence, jamais un reproche.

Thomas avait levé un sourcil comme pour inviter Adelphe à poursuivre.

— Je ne suis pas vexé de m'entretenir avec vous. Les obligations du pape sont exigeantes, et nombreux sont les enjeux disputant son attention.

— Le pape vous accorde un immense honneur en vous déléguant pour une mission de cette importance.

Adelphe avait discipliné ses lèvres pour ne pas offrir un sourire moqueur. Était-ce la jalousie qui conditionnait le haut gradé à s'exprimer sur ce ton scandalisé ?

Caïn aurait su si le démonologue l'avait invité à habiter ce pantin de viscères.

— Actuellement, Paul V est très occupé à conserver le régime des exemptions ecclésiastiques, avait dit Thomas.

Le démonologue en avait entendu parler. Cette mesure impopulaire attisait des disputes avec de nombreux États italiens.

— Apparemment, les dirigeants de la république de Venise sont très mécontents, avait hasardé Adelphe.

— C'est juste, avait relevé Thomas avec dédain sans rien ajouter.

La condescendance du haut gradé avait commencé à agacer Adelphe. Chacune de ses citations était empreinte de sous-entendus méprisants.

— Il est encore tôt. Profitez de la lumière du soleil pour faciliter vos déplacements.

Une évidence qu'Adelphe n'avait pas relevée. Il lui incombait d'abréger cette conversation au plus vite.

Une bourse en cuir pendait à la ceinture de Thomas. Il l'ouvrit et fouilla à l'intérieur pour prendre plusieurs pièces d'or. Ses yeux mi-clos avaient formé une lame inquisitrice. Il les avait déposées sur la table et poussées dans la direction d'Adelphe.

— Ceci devrait couvrir amplement vos dépenses. Revenez avec les secrets des sorcières et vous aurez tout ce que vous désirez.

Le démonologue avait tressailli.

Je voulais me purger du mal. J'ai gagné le Vatican pour cette raison et ma fidélité envers l'Église m'a tranquillement dépossédé de cet espoir.

Il avait empoché les pièces d'or.

Je ne pars pas pour servir l'Église, mais pour obtenir ce qu'elle a été incapable de me donner.

Thomas avait déplié une carte sur la table.

— Voilà des points de repère bordant les petites villes où vous devez enquêter. Une fois à Berwick-upon-Tweed, vous devrez d'abord vous rendre à Kelso, puis à Wooler, où des apparitions de sorcières ont été rapportées. Puis, vous descendrez à Alnwick, où, apparemment, un jeune magicien aurait été signalé.

Adelphe avait trouvé cette dernière information farfelue. Habituellement, il était toujours question de femmes s'adonnant au culte de la sorcellerie. Puis, Thomas lui avait indiqué les autres endroits en Angleterre à étudier.

— À cheval, vous devriez passer de l'une à l'autre de ces villes avant la tombée de la nuit. Votre périple sera long et même si vous avez suffisamment de rations pour gagner vos destinations, il vous en faudra de nouvelles pour le retour alors ne perdez pas votre or. Pour les nuitées, un bon samaritain devrait vous ouvrir sa porte.

— Il ne doit pas être coutume pour les villageois d'accueillir un inconnu sous leur toit.

— Tout homme dépêché par Sa Sainteté sera reçu en digne invité. Mentionnez que vous venez bénir leurs terres pour les protéger du malin sans préciser que vous êtes un expert en démonologie et tout devrait bien se passer.

L'air suffisant, Thomas avait replié la carte pour la remettre à Adelphe. Ensuite, il avait marché de long en large pour se donner une contenance autoritaire.

— Vous connaissez l'importance de cette mission. Elle pourrait marquer un tournant décisif dans l'histoire. Nous avons beaucoup d'ennemis, et une arme exceptionnelle est requise pour assurer la perpétuité de la chrétienté.

Le démonologue avait acquiescé pour marquer un assentiment révérencieux.

— Mieux vaut revenir avec des résultats. Paul V risque d'être moins indulgent que l'aurait été Clément VIII face à l'échec.

Je suis persuadé que tu aimerais me voir derrière des barreaux et m'administrer la sanction découlant de mon insuccès.

— Vous savez ce qu'il vous reste à faire, avait tonné le haut gradé.

Thomas n'avait aucune idée à quel point ces mots sonnaient justes.

— Tout a été dit alors, avait déclaré Adelphe sur un ton équivoque ressemblant à une question.

Le démonologue avait ramassé ses affaires. Ses armes comprenaient un arc, des flèches et une dague. Il s'apprêtait à partir lorsque le haut gradé avait apporté une dernière précision.

— Entre nous, j'espère que vous échouerez et que vous ne reviendrez pas. Les hommes comme vous sont une hérésie. Le Vatican se porterait mieux sans les aberrations de votre genre.

Nous y sommes enfin. Voilà ce que tu voulais me dire depuis le début de cet entretien.

Adelphe ne s'était pas formalisé de ces propos. Il aurait voulu souligner que la religion était la pire des aberrations, mais il s'était gardé de parader une telle insulte.

Le démonologue avait pris congé. Ainsi, après trois ans de loyaux services, il avait été autorisé à quitter le Vatican.

Parmi les soldats l'ayant accompagné à l'extérieur, l'un d'eux l'observait plus attentivement avec un mélange d'inquiétude et de perplexité. Son visage imberbe ne trompait pas sur son statut de jeune recrue dont la majorité des expériences étaient devant, et non derrière lui. Adelphe l'avait ignoré pour ne pas accroître son angoisse. Il avait l'habitude de susciter ce genre de réactions. Les rumeurs au Vatican concernant Adelphe étaient courantes et elles inspiraient autant une curiosité morbide qu'une terreur mal définie.

En compagnie de confrères, le jeune homme n'avait pas osé le questionner. Le démonologue avait une bonne idée du type de préoccupations qui le taraudait. La recrue voudrait savoir d'où venaient les ténèbres. Adelphe percevait ce genre de questionnement désireux de poindre telle une lumière timide défiant la noirceur. Après son départ, les ragots seraient une version dénaturée de ce que le soldat cherchait à démystifier. Adelphe détenait l'unique vérité ; il était une fenêtre sur le mal.

D'où venaient les ténèbres ? Par quels moyens obscurs parvenait-il à tirer des confessions durant les interrogatoires ?

Le jeune soldat n'avait pas eu le courage de s'adresser à Adelphe. Ses acolytes et lui ressemblaient à des enfants effrayés, dont l'armure était soudainement trop lourde à porter. La peur les gouvernait, comme des animaux caracolant sur place en détectant une menace sur le point d'attaquer.

Si seulement ce soldat connaissait la vérité. Il n'existait pas de prélude terrifiant, comme un rideau s'effilochant par les griffes invisibles d'une noirceur avide ; aucune façade théâtrale pour fuir ou permettre une opposition. La réalité s'avérait choquante par sa simplicité ; l'invocation de Caïn était rapide et spontanée.

En existait-il d'autres comme moi ? Je veux dire des personnes pouvant conjurer ta présence ?

Adelphe avait posé ces questions après sa première rencontre avec Caïn et il ne les oublierait jamais. Tout comme les réponses qui lui avaient été livrées.

Toi et moi sommes uniques. Il n'existe rien de plus fort que le lien qui nous rapproche. Le temps est notre allié. Si nous ne pouvons atteindre notre but dans cette époque, nous le ferons plus tard.

Ces mots étaient gravés à jamais dans la mémoire du démonologue. D'une voix manquant cruellement de conviction, il avait demandé quel était ce but.

C'est ce que nous devons découvrir ensemble. Notre objectif est un idéal sans précédent. Je ne sais pas encore à quoi il ressemble, mais je te certifie que nous l'atteindrons un jour.

Caïn avait attendu avant d'affirmer sur un ton victorieux :

Les sorcières !

Puis, Adelphe avait banni le démon pour repenser maintes et maintes fois à cette conversation.

Adelphe partageait un point en commun avec le pape Paul V : il souhaitait démystifier le pouvoir des sorcières afin d'en faire un instrument. Seulement, il ne serait pas manié par la main du christianisme. Leur feu servirait à remonter la piste menant aux fruits de l'arbre originel.

Tous les pécheurs seront exposés pour ce qu'ils sont, séparés des croyants authentiques qui célèbrent leur religion sans sombrer dans l'extrémisme.

Adelphe désirait créer une religion mono-théiste pour détruire Caïn dans un brasier de lumière et changer l'histoire.

Tant de souvenirs, tant de pistes ayant conduit le démonologue sur une route le menant à North Berwick.

Adelphe se releva et reprit ses affaires. L'arc était un bagage encombrant, mais il refusait de s'en départir. Il lui avait déjà été très utile et le serait probablement encore.

Il était suffisamment entraîné pour garantir des tirs précis et rapides. Il disposait aussi de sa dague sous son aube, mais il préférait ne pas recourir à cette arme. En combat rapproché, sa meilleure option restait Caïn. L'altercation avec les trois brigands l'avait prouvé de manière éloquente.

La route montait en pente. Adelphe courba l'échine et grimpa à grandes enjambées. Arrivé en haut du chemin, il essuya la transpiration sur son front.

Devant lui se trouvaient des champs noirs comme l'encre et un village ravagé par les flammes. Adelphe sourit : s'il n'avait pas rejoint sa destination, il n'en était pas loin.

28

~

HIVER 2015

Laurens allait revoir le Patient zéro.

Les questions se bousculaient dans sa tête alors qu'il sortait de son appartement. Accueilli par une brise timide, ce contact l'invita à prendre une grande respiration pour s'éclaircir les idées. Le froid était tombé et chaque souffle arrivait à peine à produire un nuage de condensation.

D'abord se calmer. Justin lui avait téléphoné pour qu'il soit le guide, la lumière dans les ténèbres de sa confusion. S'interrogeant sur la providence de cette occasion, Laurens battit des paupières. Ses mains tremblaient. Mieux valait prendre le métro que conduire. Il réfléchirait sereinement afin que leur rencontre soit fructueuse.

Il marchait sur le trottoir lorsqu'une voix l'interpella.

— Bonjour, monsieur le psychiatre !

Laurens reconnut ce timbre enchanteur. Il fit volte-face et découvrit la silhouette svelte de Léane.

— Que fais-tu ici ?

— J'aurais besoin d'une consultation. Je crois être FOLLEMENT amoureuse, dit-elle en simulant une voix paniquée pour éluder la question.

Elle s'approcha et donna un rapide baiser sur les lèvres du psychiatre comme si elle craignait de se brûler.

— Pourquoi es-tu là ?

La surprise de Laurens lui disputait l'appréciation de cette rencontre à l'improviste.

— En plus d'être folle d'amour, je suis une harceleuse. J'ai deux bonnes excuses pour consulter.

Elle l'embrassa de nouveau et, cette fois, prit son temps.

— Je veux faire des courses cet après-midi et, étant dans le coin, je suis passée en songeant qu'on pourrait casser la croûte ensemble, déclara Léane.

Le psychiatre consulta sa montre. 12 h 10. Il était tellement préoccupé qu'il en perdait l'appétit.

— Désolé, je suis…

— Distrait? compléta-t-elle.

Il lui adressa un tendre sourire.

— J'ai du travail, précisa le psychiatre. Un dossier très demandant.

— Tu parles, bien entendu, de l'homme aux deux personnalités? Ne devrais-tu pas dire « patient » pour ne pas le dépersonnaliser? C'est un mot plus approprié que « dossier », non?

— Tu as raison. Ce patient est très important et oui, je parle de Justin et de Jarne.

Léane savait pour ce jeune homme et son trouble dissociatif de l'identité. Par contre, elle ignorait la brève manifestation de Caïn et le fait que Justin avait récemment été placé chez sa mère.

— Important? C'est le cas. Tu es presque toujours avec lui, ou devrais-je dire « eux »? Vous faites un bon ménage à trois, j'espère?

Laurens resta indifférent à la plaisanterie.

— J'ai beaucoup à faire. Comprends-le. Tu as de la chance de disposer de tout ton temps et de faire ce qui te plaît de tes journées.

Le psychiatre employa un ton jovial pour ne pas la froisser.

Riche héritière, Léane avait perdu ses parents dans un accident d'avion. Depuis lors, elle se montrait défensive et laconique sur ce sujet. Le jour où elle voudrait en parler, Laurens se ferait un plaisir de l'écouter. D'ici là, il évitait de la confronter à ses tourments.

Attendant une réponse, le psychiatre garda le silence. Léane plongea la main dans la poche de son manteau et extirpa une pomme rouge.

— Comme je ne mangerai pas avec toi, j'ai bien fait d'apporter une collation.

Elle mordit dans la chair juteuse et dévisagea Laurens avec amusement. Cette réaction empreinte d'humour le ravit. Il se rapprocha et mit délicatement ses mains sur les épaules de Léane.

— Je terminerai un peu plus tôt en fin de journée. Nous passerons une soirée en amoureux au restaurant de ton choix.

Elle arbora un air dubitatif comme si elle réfléchissait à la proposition.

— Si tu me poses un lapin, je commets un crime.

— Alors là, j'aurai tous les droits pour t'interner.

Elle l'embrassa rapidement et s'enfuit en vitesse.

Il sourit. Son regard accompagna Léane jusqu'à ce qu'elle disparaisse à un coin de rue.

Cette femme était une bénédiction. Or, son départ le ramena à son obsession.

Toi aussi, tu es possédé, le railla une voix intérieure. *Possédé par ce patient qui est le vrai meneur de la thérapie.*

Le psychiatre devait s'ouvrir à Caïn. Une part de lui se dégraderait et une autre guérirait. L'euphorie de saisir une gloire inconnue de tous le fascinait et il refusait de s'en priver. La lumière et la noirceur ne faisaient plus qu'un seul interdit à enfreindre. Connaîtrait-il l'enfer en traversant le paradis, ou l'inverse ? Laurens l'ignorait, mais il avait la conviction que Caïn lui ferait vivre ce type d'expérience.

Alors qu'il reprenait à peine sa marche, une série de bruits fracassants fit sursauter Laurens. Dans une cacophonie de métal tordu et de cris, il se retourna et contempla une scène épouvantable.

Un accident venait de se produire. Une voiture était sur le trottoir et une autre, dans la direction opposée, était renversée. Les véhicules avaient-ils bifurqué pour éviter une collision ? La tension présente balaya la question.

Depuis la voiture retournée, avec son pare-brise pulvérisé, une femme appelait à l'aide. Elle s'échinait à débloquer sa ceinture coincée.

Elle cria plus fort et sa voix paniquée était une lame de détresse tranchant le chahut ambiant.

Un feu éclata dans le véhicule. Sans que Laurens parvienne à situer son point d'origine, les flammes, ayant prise sur des matériaux combustibles, voyageaient vers la dame prisonnière dans l'habitacle.

Laurens hésitait entre sa propre sécurité et le désir irrépressible d'agir pour aider une personne dans le besoin. Des réserves exposant une réalité égoïste s'unissant pour le dissuader d'intervenir.

Que feras-tu si la voiture explose? Le feu risque de te brûler durant ton sauvetage téméraire. À quoi ressembleras-tu après? Justin aura peur de toi et, si tu l'effraies, la connexion avec la personnalité cachée sera difficile à établir. Si tu secours cette femme, tu devras discuter avec des policiers et répondre à une kyrielle de questions. Tu manqueras ton rendez-vous et peut-être l'ultime chance de ta vie.

Pendant que l'hésitation faisait son œuvre et que Laurens refusait de se secouer, les flammes rampaient vers la victime.

Hystérique, elle criait et donnait des coups avec son torse sur la courroie de la ceinture pour essayer de se dégager.

Poussé par l'adrénaline et se décidant enfin à agir, Laurens fit un pas en avant. Un homme portant une parka le devança. Penché, il tendait une main vers la femme pour offrir de la hisser à l'extérieur.

Trop tard. Les flammes avides approchèrent et forcèrent l'intervenant à reculer.

Puis, un phénomène, dont la contingence était d'une pure improbabilité, advint.

Les flammes, obéissant à une règle défiant les lois de la physique, furent tassées dans la direction opposée de la victime. C'était comme si un vent violent les écrasait. Aplaties, elles s'éteignirent dans une bouffée de fumée noire qui se dissipa rapidement.

Le secouriste profita de l'occasion pour défaire la ceinture et extirper la femme du tombeau de fer. Malheureusement, il devait être insensible à ses cris de douleur engendrés par les dents de verre de la vitre éclatée mordant sa chair. N'étant plus confinée par les contraintes de l'habitacle, la dame joignit ses efforts à ceux de l'intervenant pour s'éloigner de la voiture accidentée. Il l'aida à s'asseoir sur le trottoir au moment où une ambulance, sirène hurlante, arriva.

Face à Laurens, de l'autre côté de la rue, Norah Isère observait ses mains dans un mélange de joie et d'effroi. Elle avait le corps glacé.

Que vient-il de se passer?

Avait-elle réellement influencé le comportement du feu? Avant de se laisser convaincre par les implications surréalistes de cette interrogation, elle leva la tête et vit, de l'autre côté de la rue, le psychiatre.

Son regard étrange braqué sur elle conférait une fascination plutôt qu'un choc émanant de l'accident. Cet homme était totalement absorbé par elle.

Laurens respirait péniblement.

À sa droite, un quinquagénaire, troublé par les événements, tira un mouchoir de sa poche pour essuyer ses lunettes. Les yeux chassieux, il renifla bruyamment.

— Que s'est-il passé? s'enquit le vieil homme d'une voix hachurée.

— Quelque chose de merveilleux.

Une puissante allégresse, produisant un paroxysme égal à la terreur, s'empara de Laurens. Gavé par le miracle, il n'arrivait plus à tenir debout. Il tomba à genoux et leva les yeux au ciel tel un pénitent demandant grâce.

Une seule suffira.

Cette voix intérieure n'était pas la sienne. C'était celle de ses rêves répétant les mots « Je suis Caïn ». Les mêmes mots prononcés par le Patient zéro.

Laurens se mit à rire à gorge déployée. Le quinquagénaire rangea son mouchoir et, l'air embarrassé, s'éloigna. Le psychiatre n'y prêta guère attention.

Tu vis ta saine obsession. Tu vas t'émanciper de tes doutes et connaître l'ultime vérité.

De l'autre côté de la rue, Norah attribua l'hilarité de cet individu à un sentiment de joie nerveuse découlant du sauvetage. Moins expressive, elle était aussi exaltée. Elle examina ses mains et sut que le phénomène s'étant produit au chalet venait de se reproduire.

Sa maîtrise sur le feu était réelle et elle ne s'autoriserait jamais à croire différemment.

VOICI UN EXTRAIT DU DEUXIÈME
TOME DE LA SÉRIE

~

LA SORCIÈRE DE
NORTH BERWICK

A N Y A

Adelphe ne put s'empêcher de regarder la scène lugubre avec un sourire. Les champs calcinés, les maisons en ruines, les visages consternés : le démonologue ne se réjouissait pas de cette tristesse, mais plutôt de ce qu'elle recelait. Les sorcières lui envoyaient une invitation à les débusquer et il eut réellement l'impression que cette destruction lui était destinée.

Une main sur le manche de sa dague, Adelphe entra dans le village où la confusion régnait.

Les champs dévastés constituaient le prétexte idéal pour ceux prompts à la querelle. Le voyant approcher, deux hommes, échangeant des paroles ordurières, s'indignèrent de la présence de ce prêtre à l'accoutrement peu orthodoxe.

— Le mal a fait son œuvre, annonça l'un d'eux à la chevelure filasse. Vous arrivez trop tard.

Un regard en coin d'Adelphe suffit à lui couper l'inspiration. Il n'enchaîna pas avec de nouvelles diatribes. Il se tourna vers son camarade, aux cheveux frisottés, qui se porta à son aide.

— Veuillez pardonner mon compagnon, cher ami. Nous avons éprouvé de lourdes pertes et il a tendance à formuler des blâmes qui ne sont pas mérités.

L'homme se révéla d'une humeur gaillarde. Elle aiguillonnait la méfiance plutôt que d'instaurer la sympathie.

— Qu'y a-t-il? questionna Adelphe.

— Un feu comme nous n'en avons jamais vu, expliqua celui aux cheveux frisottés. La chaleur et le vent ont contribué à son essor.

Adelphe perçut la retenue de son compagnon. L'envie de proclamer une hypothèse faisant l'éloge de forces occultes le tiraillait. Peu enclin à préciser sa lancée, l'autre se réfugia dans le silence.

Le démonologue observa les champs brûlés. Chose étonnante, certaines surfaces de terre, séparant des zones calcinées, étaient quasi intactes.

— Si vous voulez m'excuser, dit Adelphe.

Les deux hommes réagirent avec un peu trop d'emphase pour exposer leur assentiment pendant que le démonologue se dirigeait vers les champs. Ils poursuivirent leurs échanges houleux sur un ton bas pour éviter d'attirer l'attention. L'homme aux cheveux filasse déblatéra avec plus d'énergie à mesure qu'Adelphe s'éloignait.

Des enfants le détaillèrent avec une admiration empreinte d'effroi. Leurs parents inquiets les surveillaient de près. À son approche, les discussions se tarissaient subitement.

Ils n'ont pas peur de toi, mais de ce qui s'est produit sur leur terre. Ou préfères-tu penser le contraire ?

Cette voix intérieure ressemblait à Caïn, et Adelphe s'interdit de la considérer.

Si des paysans le croyaient impliqué, personne n'osa lui formuler des reproches directs.

Le démonologue alla vers un homme arborant une houppette blanche façonnée par le vent et une femme aux bajoues pendantes qui observaient les champs noirâtres avec consternation. Un couple, présuma Adelphe.

— Ces terres sont maudites, éructa la femme. Plus aucune récolte n'y poussera.

— Le feu est éteint, rappela son mari. Nous avons perdu une récolte, et non les terres nous permettant d'en avoir plusieurs autres.

— Mon père, votre présence est une bénédiction, s'égaya la femme. Bénissez ces terres pour qu'elles reprennent, un jour, le cycle de la moisson.

Ses bajoues pendantes tressautaient à chaque parole. Les mains jointes, elle s'inclina devant Adelphe. Ses vêtements amples ne suffisaient pas à camoufler ses formes généreuses.

— Avec le temps, la nature retrouve sa vigueur, rectifia l'homme sur un ton bourru.

Adelphe le dévisagea, ce qui le fit pâlir. Il avait les yeux injectés de sang et la bouche pâteuse d'un fêtard aviné. Les épaules voûtées, son courage pour dialoguer venait de s'amenuiser.

— Ce n'est pas la nature, c'est l'œuvre du malin, insista sa femme.

S'exprimant dans un soupir, elle n'osa pas contredire son mari. Elle craignait de le mettre en colère, bien qu'il ait l'habitude d'atténuer son mécontentement en public.

— Un feu indomptable, corrigea-t-il. C'est tout.

Ils échangèrent un regard mi-réprobateur mi-blasé et s'étudièrent en silence.

Interroger tous les paysans reviendrait à collecter une version différente chaque fois. Pour connaître la vérité sur ce drame, mieux valait invoquer Caïn, mais pas devant autant de témoins. Une personne isolée ferait l'affaire.

Sans dire un mot, Adelphe se sépara du couple.

— Vous ne bénissez pas les champs, mon père ? hasarda l'épouse au visage joufflu.

Son mari leva les yeux au ciel pour indiquer son désaccord.

— Je ne sers pas Dieu en récitant des prières, lança Adelphe sur un ton rassurant.

Il marqua une pause avec un petit sourire inspirant la confiance.

— Toutefois, je suis bel et bien ici pour enrayer le mal qui a détruit votre village.

Le mari le jaugea d'un regard circonspect, tandis que l'espoir auréolait le visage de sa femme.

— Je vous laisse prier pour le retour de la moisson. Mon arme est autre.

Adelphe ne souriait plus et une ombre passa sur le visage du couple. Il s'éloigna sans être rappelé et entra dans la forêt ravagée pour déterminer l'origine du brasier.

Adelphe marchait depuis cinq minutes. Un craquement sinistre s'élevait à chacun de ses pas. Une odeur de cuivre et d'huile végétale infecte imprégnait l'air. Le démonologue s'enfonçait dans un relief de croûtes noirâtres façonnant un décor dantesque ; le feu avait avalé les couleurs bigarrées de la forêt pour vomir un champ de cendres.

En prêtant attention, il remarquait des irrégularités dans le déplacement du feu. Certaines parties étaient totalement consumées et d'autres, à de rares endroits, exposaient une verdure peu entachée.

Ces ravages ne sont pas naturels. Tu approches du but.

En poursuivant son examen, Adelphe entendit une voix. Guidé par les mots, il émergea de la région brûlée pour rejoindre un endroit épargné par le brasier.

Il vit un homme dans la quarantaine, chauve et menu, assis en tailleur sur le sol.

Son visage était à moitié voilé par l'ombre d'un arbre. Il avait étalé une panoplie d'objets autour de lui. Balançant son torse d'avant en arrière, il éructait des paroles succinctes et décousues.

— Tu es du village ?

Il tourna nerveusement la tête vers Adelphe et le considéra longuement avant de répondre.

— Plus maintenant. Plus jamais. Trop dangereux. Le mal y réside alors moi, je vais ailleurs.

Il se repositionna pour faire face à Adelphe et le garder à l'œil. Le démonologue jeta un coup d'œil à la ronde pour vérifier si quelqu'un venait vers eux.

— Qu'est-ce que tu fais ?

— Je pars et je vérifie pour être certain de ne rien oublier, expliqua-t-il en englobant ses affaires avec un geste circulaire du bras. Je ne veux pas avoir à revenir. Plus jamais.

Adelphe examina les possessions et l'homme prit peur.

— Ça, c'est à moi, pesta-t-il en toussotant.

Il se leva et se plaça devant ses objets comme pour les protéger.

— Je n'en ai pas après ton argent ou ce qui t'appartient. Je dois quand même t'emprunter quelque chose.

Adelphe observa l'homme et, par la simple réflexion, invita Caïn à entrer. Il courba l'échine et ses yeux papillotèrent. Son iris et sa pupille devinrent momentanément blanchâtres et, lorsqu'ils retrouvèrent leur couleur, Caïn était aux commandes. L'absence évidente de menaces l'incita à dire :

— C'est plus calme que la dernière fois. Tu désirais un peu de compagnie ?

Adelphe désigna du doigt les objets hétéroclites éparpillés dans l'herbe.

— Ramasse-les et remets-les dans le sac.

Décelant des pièces d'or parmi le désordre étalé, Caïn leva des yeux interrogateurs et, l'air finaud, exhiba un sourire édenté.

— Tu ne préfères pas garder l'or pour toi ?

— Je ne suis pas un voleur. Allez.

Le démon obtempéra. Une fois debout, il épaula le sac chargé et toussa à s'en arracher les poumons avant de cracher un glaviot jaunâtre.

— Celui-là n'est pas en très grande forme, ânonna-t-il avec amusement.

— Si je ne fais pas erreur, nous sommes à quelques lieues de North Berwick, annonça Adelphe, ne souhaitant pas vraiment apprendre le statut de santé du quadragénaire. Tu me disais que la forêt abritant l'arbre mythique est tout près ?

— N'es-tu pas curieux d'apprendre ce qui s'est déroulé au village ? Je peux te rapporter les faits tels qu'ils se sont réellement déroulés.

— Plus tard, d'abord l'arbre.

Avant de trouver une sorcière, il faut savoir où la conduire, songea le démonologue.

— D'accord ! Nous ne sommes…

Interrompant sa phrase, Caïn s'enfonça dans les bois, suivi d'Adelphe. Ils marchèrent longtemps et, mis à part des raclements de gorge intermittents produits par le démon, ils gardèrent le silence.

L'absence de bruit fut étonnante. Le gazouillement des oiseaux et le chuintement des insectes étaient distants, se dissolvant comme s'ils entraient dans un antre secret où les sons étouffaient avant de mourir au bout de leur écho naturel.

Puis, Caïn s'arrêta subitement et Adelphe en fit autant. Il l'interrogea avec un mouvement de tête, mais le démon s'abîmait dans la contemplation du panorama.

— C'est bien ici.

S'efforçant de déceler des indices, le démonologue perdait patience. Ils n'étaient pas à l'orée de quoi que ce soit d'exceptionnel.

— Explique-moi, exigea Adelphe.

— Ce n'est pas la forêt, mais une partie. On ne peut pas la distinguer, son art du camouflage étant surnaturel.

— Toi, tu peux la voir?

— Je la sens. Je suis une aberration et j'arrive à percevoir ce qui se trouve en ce monde, mais ne devrait pas y être.

— Tu es certain?

— Nous sommes tout près. Ironique, n'est-ce pas? Les sorcières ont éveillé un feu à proximité de l'arbre mythique. Je me demande si c'était intentionnel ou accidentel.

Adelphe avait beau s'acharner, impossible de relever la moindre distinction. La forêt restait imperturbable tel un cliché immortalisé dans une pose immobile.

— Cet endroit est le bon. L'arbre du péché originel est à proximité, mais nous ne pourrons le trouver que…

— … si nous détenons le feu des sorcières, compléta le démonologue.

Il secoua les mains comme pour en balayer la poussière et se tourna vers Caïn.

— Bon, raconte-moi ce qui s'est passé au village.